Barthle B. Boss

Gallenextrakt

Garstige Geschichten

An allem Unfug, der passiert, sind nicht etwa nur die schuld, die ihn tun, sondern auch die, die ihn nicht verhindern.

Erich Kästner

Mein ganz besonderer Dank gilt nicht nur meinen Lesern, sondern vor allem den Unfug-Produzenten dieser Welt, die mich so reichlich mit Input versehen haben. Und anscheinend wird es täglich mehr. Weiter so, Herrschaften. Da geht noch was.

B.B. Boss

Barthle B. Boss

Gallenextrakt

Garstige Geschichten

Bibliografische Information der Deutschen Nationalbibliothek:
Die Deutsche Nationalbibliothek verzeichnet diese Publikation in der Deutschen Nationalbibliografie; detaillierte bibliografische Daten sind im Internet über http://dnb.dnb.de abrufbar.

© *2016 Barthle B. Boss*

Illustration: **Barthle B. Boss, Kurai**

Herstellung und Verlag: BoD – Books on Demand, Norderstedt

ISBN: 978-3-741225406

Inhaltsverzeichnis

Seite 06 Der schwedische Albtraum
Seite 10 Heute schon geriestert?
Seite 14 Hotel Mama
Seite 17 Ich liebe Busfahren
Seite 20 Jedem seine Hölle
Seite 24 Mein Freund Wolle
Seite 27 Nachbarn
Seite 31 TV ist geil
Seite 34 Familienfeier
Seite 38 Dantes Inferno
Seite 42 Klein…pelzig…niedlich
Seite 46 Politisch korrektes Weihnachten
Seite 50 Diätenerhöhung
Seite 53 Umweltaktivisten
Seite 56 Unternehmen Zukunft
Seite 60 Perspektive
Seite 63 Mein Reich ist Dein Reich
Seite 68 Daily Terror
Seite 72 Kleine Dosen…große Wirkung
Seite 76 Und nun – die Nachrichten
Seite 79 Silvester
Seite 81 Frauen für eine bessere Welt
Seite 84 Opium fürs Volk
Seite 88 Hasenjagd
Seite 92 Schön ist, wer schön tut
Seite 96 Ordnung muss sein
Seite 100 Malta sehen und sterben
Seite 107 Verchippt und zugenäht
Seite 111 Lobby-Dobby
Seite 115 Uschis Krabbelgruppe
Seite 119 Lego Brutal
Seite 123 Sex 'n Drugs 'n Rock 'n Roll

Der schwedische Albtraum.

Es ist wieder an der Zeit, mich meinem Ehrenamt zu widmen. Ich bin Vorsitzender der Initiative zur Förderung der Verachtung pseudoschwedischer Möbelbausätze. Die Aktivisten der Initiative bestehen derzeit aus exakt einer Person. Dem großen Vorsitzenden persönlich. Ich bin quasi eine Minigruppe. Klein …aber motiviert. Die Anzahl der Sympathisanten wächst allerdings ständig. Es ist schön, nicht ganz allein zu sein.

Es ist Samstag und somit Möbelhaustag. Frau und Tochter haben abgestimmt. Gegen mich. Ich darf mitmüssen. Wir pilgern zum Hotdog-Tempel am Rande der Stadt mit angeschlossenem Factory-Outlet-Store für Spanplattenmöbel. Für Kinder gaaaanz toll. Ballparadies. Hotdogstand. Öffentliche Playstation. Dazu gigatonnenweise Aufstellerchen, Hinguckerchen, Plunderkrams und Schnickschnack. In Farbe. Und bunt.
Alles trägt unaussprechliche Namen in flottem Schweineschwedisch. Es fehlt nur noch der spaßige, mettbällchenwerfende schwedische Koch aus der Muppetshow.
„Möbelschrott Möbelschrott römtömtömtöm...!"
Klonk...Klirr...Rabautz...
„Und heute wir wollen schrauben eine Möbel nach die Anleitung von die Tante Oooolsen!"
Schepper...Krach...zerbrech...
Natürlich ist der Parkplatz voll. Das bedeutet drei Kilometer Fußmarsch bis zum Eingang, umzingelt von Heerscharen beseelt dreinschauenden, erwartungsvoll sabbernden und giggelnden Frauen im Jagd-

fieber. Wozu noch Sex? Der ultimative Kick ist Möbelshopping. Im Schlepptau folgt die Hotdog-lüsterne Brut. Und zu guter Letzt folgt die Karawane von missmutig und abgestumpft dreinschauenden Zahlknechten, Packeseln und Transportsklaven.
Der Eintritt ins mutmaßliche Paradies erfolgt durch eine gigantische gläserne Schiebetür...*zischhhhhhhh*... und es öffnet sich die Vorhölle. Ich nehme allen Mut, den ich nur finden kann, trete ein und wieder...*zischhhhhhhh*...schließt sie sich hinter mir.

ICH WILL HIER RAUS!!!

Da liegt es vor mir, das Labyrinth des Möbelschreckens. Der Albtraum hat viele Namen und Gesichter. Das Sortiment ist wacklig, spillerig, abstoßend hässlich und instabil. Ein Regal namens *„Kötzig"*. Betten aus der Serie *„Wacklög"*. Ein Tisch mit dem verheißungsvollen Namen *„Ürks"*.
Ich will hier nicht sein. Also hilft nur eins: Die direkte Konfrontation mit der Ursache.
Nach dem 15 Minuten dauernden Versuch, die Aufmerksamkeit der nach Schnäppchen gierenden Expeditionsleiterin zu erheischen, erhalte ich eine partielle Begnadigung. Gnädigste billigt meinen Rückzug ins Männerghetto. Ich bin eh nur Störfaktor. Allein schon die angewiderten Blicke des Packesels sind lusttötend. Also fort mit dem Kerl. Frau Königin will fröhlich sein. Juchheee.
In einer Art Foyer finde ich ein Sofa *„Klapprig"* und einen Tisch *"Windschöf"*. Alles ist voller Prospekte, angefüllt mit Hölle pur. Bosch und Hohlbein waren unschuldige Kinder im Vergleich dazu. Und doch...ich bin im Vergleich zu anderen vom Glück verwöhnt.

Keinesfalls alle Männer dürfen ins Ghetto „*Männerfrieden*". Viele Transportsklaven benötigen im Anschluss eine fachkundige Therapie. Lebst Du wieder...oder schraubst Du noch? Es ist keinesfalls immer von Vorteil, handwerklich begabt zu sein. Mist.

Ich organisiere mir einen Kaffee „*Blopp*" und einen Keks „*Drösel*". Dann ergreife ich mein Handy...es lebe die Flat...und kommuniziere mit der freien Welt. Man spricht mir jeweils Mut zu. Es bestehe Hoffnung. Irgendwann würde auch die einkaufsstärkste Königin müde werden.
Bei Einbruch der Dämmerung nähert sich mir eine skandinavische Wanderdüne aus Tüten, Taschen und Berge von Kram. Obenauf, als Surf-Prinzessin der Plunderwelle, sitzt mein sich einen Hotdog quer in den Mund schiebendes Tochterkind. Sie ist mit Ketchup bekleckert, mit Röstzwiebeln bestreuselt, einem Gurkenscheibchen hinterm Ohr verziert und durch und durch glücklich.
Dann folgt die wellenschiebende Tsunami-Königin, die Einkaufsgewaltige und Verfügungsberechtigte der Konten des großen Vorsitzenden und Packesels. Und mit ihr der vernichtende „Blick".
„Sitz doch nicht so rum...sei doch wenigstens **einmal** im Leben hilfreich!"
Aber das war ich bereits.
Der jüngst via Handy bestellte Tieflader fährt gerade vor. Im Anschluss an den Transport wandert der ganze Krempel in die jüngst angemietete und doch schon fast gefüllte Lagerhalle.
Demnächst landet alles bei Ebay. Vom Erlös kaufe ich Urlaub.
Und den machen wir in „Stockholm".

Nachsatz:

Wir alle kennen den bewussten Möbelmarkt. Bösen Gerüchten nach hat der schwedische Möbelbastelshop gar keine echten Mitarbeiter, sondern nur Besucher, die einfach den Ausgang nicht mehr gefunden haben. Manche haben auch sicherlich überlegt, dort einzuziehen, anstatt weiterhin ihr Monatseinkommen im Möbelnirwana zu verbraten. Andere hingegen versuchten es im Labyrinth mit einer Abkürzung und kamen in Barcelona wieder raus.
Nichts geht über gute Möbel. Ich selbst liege gern, nur mit Socken und guter Laune bekleidet, auf dem Bett und schaue mir via PC Filme an. Leider mögen die Äköl-Möbäl-Verkäufer das überhaupt nicht. Intolerantes Pack, möbelverkaufendes. Und das Essen wird auch nicht am Bett serviert. Verbesserungsfähig. Vielleicht sollte das mal jemand anregen.
Trotz aller Ablehnung kommt „Mann" oftmals nicht gegen den Möbelkoloss an. Die Gnädigste ist da gnadenlos. Aber auch dort setzt ein Prozess des Umdenkens ein. Nach der letzten femininen Aufforderung: „*Wir* müssen noch das neue Regal zusammenbauen!" kam postwendend die maskuline Antwort vom Gefahrensucher: „Dann fang doch schon mal damit an!" Und nachdem sie sich wutschnaubend mit dem beigelegten Fusselwerkzeug bewaffnet hatte und einen kreativen Nachmittag mit dem lustigen Bausatz-Teilchen verbrachte, war das Werk vollendet. Seitdem haben wir einen prima Rodelschlitten, der uns im Winter viel Freude bereitet.

Heute schon geriestert?

Hurra! Endlich! Mein Telefon bimmelt. Ein Anruf. Für mich. Freude.
Ich greife zum Hörer.
„Einen schönen Tag, Herr Boss!"
Eine sympathische Stimme einer sicherlich attraktiven Frau haucht mir auf subtil erotische Weise meinen Namen ins Ohr. Gänsehaut pur.
Dann ein Kontrollblick auf das Display.
Mist auch. Eine Falle. Ich kenne diese Nummer.
Meine heißgeliebte Hausbank. Das Unternehmen, das mir rotzfrech 15 % Zinsen auf den Disporahmen berechnet.
Egal. Die Maus hat einfach die ultimative Stimme. Dynamit. Wow.
Ja...ich mache den Termin. Und sei es, um ihr zu gefallen.
Ich freue mich schon auf...wen bitte? Herrn Müller? Wer in aller Welt ist Herr Müller? Dreck! Callcenter! Ich hasse Callcenter. Ich Depp, ich.
Medienbedingt weiß ich, dass meine Rente gerademal für eine seniorengerechte Pappkiste unter der nächsten Brücke sowie Lebensmittel von den Tafeln reicht. Coole Aussichten.
Idyllisch. Mit den anderen zahnlosen Losern um die Reste aus dem Müll fighten.
Am Tag der Wahrheit betrete ich die Höhle des Löwen. Ich weiß: *"Dilettanten überfallen eine Bank. Könner gründen eine."*
Ich bin weder das eine noch das andere.
Herr Müller ist völlig anders, als ich ihn mir vorgestellt habe. Nicht irgend so ein alter Sack mit hoher Stirn und Froschaugenbrille. Müller ist der Typ „jun-

ger dynamischer Überflieger mit stereotypen Dauergrinsen und viel zu großem blauen Anzug".
Gleich zur Begrüßung erhalte ich ein Blatt in die Hand gedrückt, auf dem ich via Autogramm bestätigen soll, dass ich selbst ausdrücklich darauf bestanden haben soll, über die Riesterrente informiert zu werden.
So nicht, Bürschlein. Ich verweigere die Kooperation.
Müllers freundliches Dauergrinsen wird deutlich frostiger.
Jetzt identifiziert er mich als Gegner, nicht als Opfer.
Nach 50 Minuten mir unendlich vorkommender Litaneien über Förderquote, tolle Rendite und Zulage und noch mehr Förderquote und noch tollere Rendite und ganz viel Zulage bläst er erneut zum Angriff.
Er nötigt mir einen Kuli und einen Antrag auf, hypnotisiert mich versuchsweise und betet weiter das Mantra der Vorteile sowie den Imperativ des Unterschreibens. Alles zu meinem Besten. Reine Nächstenliebe. Geschenke vom Staat. Na warte, Du Monetärvampyr.
„Packen Sie es mir ein, ich nehme es mit. Dann recherchiere ich in Ruhe, überlege es mir und komme auf Sie zu."
Das gefrostete Müllergrinsen sinkt auf den absoluten Nullpunkt. Weltraumkälte. Mundwinkel um das markante Kinn geschlungen.
Müller identifiziert mich nun nicht mehr als Gegner. Sondern als Feind.
Ich darf gehen müssen.
Seine Drohung, mich anzurufen, kommt nicht unerwartet.
Ich verlasse *„Riester-Doom"* mit zitternden Synapsen, wackligen Knien sowie post-riesterialem Schweiß auf der Stirn.

Zu Hause höre ich meinen Anrufbeantworter ab. Es sind sechs Nachrichten. Eine ist von Müller.
Er bedankt sich nochmals für das angenehme Gespräch und bietet mir Entscheidungshilfe an.
Ich lösche die Nachricht. Genau wie die nächsten vier von HMI, ARAG, OVB und AWD.
Alles wegen Riester. Woher kennen die mich? Ich kenne die doch auch nicht. Will ich auch gar nicht.
Der letzte Anruf ist von meiner Mutter. „Nie meldest Du Dich. Hast Du endlich abgenommen? Und...sag mal...tust Du inzwischen was für Deine Rente? Also...meine Bank hat da was gaaaaanz Tolles!"
„Bieeeeep". Gelöscht.
Ich suche am AB die Riester-Anrufer-Sperrfunktion. Die gibt es aber nicht.
Am nächsten Tag hat mein Lebensmitteldiscounter zwar keinen Räucherlachs, dafür aber flotte Riesterprospekte. Mein Kaffee-Dealer spendiert pro Riesterrente zwei Pfund Supimocca.
Alte Freunde erinnern sich an mich und rufen mich an. Sie berichten spontan und caritativ über Riester und die DVAG. Und...ich bin mir sicher...die Zeugen Jehovas an meiner Tür haben gar keinen Wachturm in der Hand, sondern die *„Königreichs-Rente"*.
Abends sinke ich völlig paralysiert in meinen Lieblingsfernsehsessel. Bier, Fernbedienung und CSI. Von wegen CSI...Riesterwerbung von SAT1 bis RTL, von VIVA bis n-tv, von Teletext zu Teletext. Was genug ist, ist genug. Und das hier ist eindeutig zu viel.
Ich befrage meinen allerbesten Freund Google.
Fazit: Riester lohnt sich. (In meinem Hirn triumphieren lautstark alle Müllers dieser Welt).
Man muss nur älter als 98 Jahre werden. Ansonsten: Dickes Defizit für den Kunden. Pech gehabt. Aus die

Maus. Von Versicherungsmathematikern ganz ohne Zweifel bewiesen.
Ich vernehme tief in meinem Inneren die Klagelaute des Müller-Geldvampyrs.
Dann trinke ich die restlichen neun Bier, lache laut und verbrenne den Antrag in meinem Papierkorb.
Anschließend atomisiere ich den AB mit dem Hammer.
Irgendwo weit entfernt vernehme ich Müllers Schluchzen. Quote nicht erfüllt. Mecker vom Chef. Zur Strafe: Aktensortieren im Keller.
Nimm dies, Du Wurm.
Rache ist süß.

Nachsatz:

Das Wunderschöne an Besuchen beim Kreditinstitut der Wahl ist die Selbstschutzfunktion *„Ich nehme das mit und lese es in Ruhe durch"*, dicht gefolgt von *„Ich muss das noch mit meiner Frau besprechen"*. Der weise Mann geht also niemals in Begleitung der Gnädigsten in den Tempel der Kundenübervorteilung. Das hilft ungemein beim passiven Widerstand. Wie kommt es eigentlich, dass so viele mündige Menschen den völlig unrealistischen Versprechungen der meist dubiosen Hochdrucksverkäufer auf den Leim gehen? Ist denn heutzutage niemand in der Lage, im Internet ein wenig Recherche zu betreiben? Oder gibt es wirklich nur noch Titten- Fußball- und Autoseiten? Ach ja…und die Diät- und Modeseiten für die holde Weiblichkeit natürlich.
Aber anscheinend ist es so, wie das alte Sprichwort sagt: „Jeden Morgen steht ein neuer Tölpel auf, der betrogen werden will."

Hotel Mama.

Es tut gut, Freunde zu haben. Wahre Freunde sind selten.
Es klingelt an der Tür. Wer mag das wohl sein?
Neugier treibt den Menschen an. Ich öffne.
In der Tür steht, adrett und ordentlich, mein Freund Dietmar. Mist!
Nächstes Mal schaue ich, bevor ich die Tür öffne, durch den Spion. Insbesondere am Sonntagmorgen um 09.00 Uhr. Ich mag Dietmar. Er ist, so sagt er, mein bester Freund. Und ich bin sein bester Freund. Zudem sein einziger.
Außer...Mama natürlich.
Dietmar ist 30. Und lebt bei Mutti.
Mama macht alles für den jüngsten ihrer Kinder. Sie kocht, putzt, wäscht, kauft ein und sucht auch die passende Kleidung für den Jungen aus. Mama hat einen guten Geschmack aus den 70-er Jahren des letzten Jahrhunderts. Dietmar trägt Leinenhosen, Hemd mit Blümchendekor, weiße Tennissocken und eine Windjacke in dezentem Beige. Weiße Tennissocken sind heutzutage ein totales No Go. Aber er trägt sie aus Überzeugung, so wie er auch bester Freund aus Überzeugung ist. Er fordert nichts als Gegenleistung, außer vielleicht der Gewissheit, der einzige und eben wirklich aller-, aller-, allerbeste Freund zu sein. Und...selbstverständlich...150 %-ige Zuwendung.
„Heyyy...Dietmar! Lange nicht mehr gesehen!" Anklagender Blick. War wohl schon zu lange. Mein (nach eigener Ansicht) bester Freund tritt ein, leidend und mit feuchtem Blick.
Ich mag das nicht...und bin mir sicher in Bezug auf das, was gleich folgen wird.

Dietmar ist bedrückt, wenn nicht gar depressiv mit rudimentären manischen Anteilen.
Es gelingt ihm stets, das Leiden zu einer Kunstform zu erheben und episch zu zelebrieren.
„Was ist los mit Dir? Wieder voll im Stress?"
Dietmar setzt sich in den nächsten verfügbaren Sessel und...leidet stumm.
„Nun sag schon...was ist passiert?"
Zuerst 10 Minuten Litanei über den Ärger im Job, Stress mit der Familie und den neusten Begebenheiten aus dem Leben von Buffy, der Vampirjägerin. Dietmar ist Vorsitzender einer treuen Fangemeinde irgendwo im www. Sie alle lieben abgöttisch Buffys Art, Vampire mit mächtig spitzen Holzpflöcken zu durchbohren und in Staub zu verwandeln. PC-Spiele mit brutalen Inhalten stehen ebenfalls hoch in der Gunst dieser eingeschworenen Gemeinschaft. Nur reale Kontakte nicht. Menschen sind ja so unzuverlässige und unberechenbare Kreaturen. Dem Risiko einer realen Enttäuschung würde man sich niemals aussetzen.
Dann kommt das befürchtete Thema.
Mutti.
„Ich halte das nicht mehr aus...!"
„Was genau...? Das übliche Thema?
„Ja...genau das."
Dietmars Mama Gitti ist herzensgut. Sie sorgt für ihren Lütten wie am ersten Tag. Die anderen Jungs sind schon lange aus dem Haus.
„Elke war wieder da?"
„Ja...wie üblich."
Elke wohnt auf der anderen Straßenseite. Im Haus gegenüber. Sie ist Gittis ehemals beste Freundin. Ehemals...denn sie gebärdet sich seit einiger Zeit sehr

unmanierlich. Elke hat einen Zweitschlüssel zu Gittis Wohnung. Und sie macht hemmungslos Gebrauch davon. Sie passt die günstigsten Gelegenheiten ab, wenn Gitti aus dem Haus ist. Dann beginnt sie ihr böses Treiben. Sie räumt in den Schränken alles um, entwendet Lebensmittel aus dem Kühlschrank, öffnet Fenster, macht überall Licht an. Sie verhält sich einfach heimtückisch. Und das, wo sie schon jahrelang tot ist. Wenn Buffy das wüsste?
Gitti hat ein Problem. So wie Dietmar. Nur eben anders. Dietmar lebt mit 30 noch in seinem Kinderzimmer. Spanplatte. Eichendekor in orange und grün. Blümchentapete an den Wänden. Nachts schläft er bei Mama. Im ehemaligen Ehebett. Es ist nicht leicht, zugleich Muttis Liebling und der Geschäftsführer eines mittelständigen Unternehmens zu sein.
Die Elke-Story ist so alt wie unsere Bekanntschaft. Die anderen Storys aus dem Alltäglichen auch. Dietmar hat seine Geschichte beendet und verabschiedet sich mit leidendem Blick.
Dann kehrt er heim...zu Mama.
Mach es gut, Dietmar. Bis morgen am Telefon. Und am nächsten Sonntag wieder um 09.00 Uhr an meiner Tür.

Nachsatz:

Der nächste Sonntag fiel dann doch aus. Es gab „Snooker" und „Fußball" auf dem Sportkanal. Und am Nachmittag auch noch ein Buffy-Special. Dagegen kann auch die dickste Freundschaft nicht anstinken. Man kann eben nicht immer gewinnen. Nicht einmal sonntags.

Ich liebe Busfahren.

Ich liebe Busfahrten über alles. Busfahrten sind toll. Sie sind ein Beweis der Fähigkeiten menschlicher Schaffenskraft. Und Sie schützen sogar die Umwelt. Ich bin da Idealist. Zudem: Busfahren ist sozial.

Das Vehikel, der „Bus" bzw. „Omnibus" (lateinisch für „jedermann"), bietet tiefe Einblicke in die Abgründe des menschlichen Verhaltens. Ein Bus ist eine Art Mikrokosmos, in dem sich die Gesellschaft in all ihren Ausprägungen wiederspiegelt.

Beginnen wir mit dem Regenten, dem King Of The Road. Stechender Blick aus eiskalten Augen. Herrische Gesichtszüge. Sich seiner Macht voll bewusst. Seine Reichsinsignien bestehen aus dem Gangschaltungszepter und der Lenkradkrone. Der Staatsschatz: Die Fahrkartenkasse.

Dazu die Arroganz der Macht. In seinem Blick spiegelt sich die Abscheu vor dem Kontakt zum niederen Volke, den Fahrgästen, wieder. Er weiß um die Notwendigkeit eben dieser Kreaturen. Sie nähren sein Imperium. Aber mögen muss er sie deshalb noch lange nicht. Die meisten von ihnen sind verachtenswert. Einige verdienen sogar blanken Hass.

Wehe den Menschen, die das Vehikel besteigen und nicht unaufgefordert ihre Fahrkarte vorzeigen oder sonst wie die Pflichten von Untertanen ignorieren. Es hagelt Sanktionen. Öffentliche Schmähungen. Kübelweise Spott, Hohn und Häme durch die Anwesenden.

Es gibt Ausnahmen. Mit einem 1.000 Euro-Anzug am Körper und einem strahlenden Lächeln auf den Lippen darf man allerdings den plötzlich geneigten Herrn der Pferdestärken passieren.

Völlige Ungnade hingegen empfangen Trödler, Teenager, außereuropäische Fahrgäste, Frauen mit Kinderwagen, Punks, Emos oder Rentner mit Gehhilfen, wobei es völlig egal ist, ob sie im Einzelnen oder in Gruppen auftreten.
Die Potenzierung des Schreckens aus Sicht eines Busfahrers: Eine ausländische Großmutter mit Gehhilfe in Begleitung ihrer gerade volljährigen, kinderreichen Enkelin mit Kopftuch und Buggy sowie einem kleinen dönermampfenden und mit Zaziki vollgekleisterten Jussuf-Ahmed im Schlepptau.
Allerdings hat der Fahrer einen Joker. Den Blitzstart. Wichtig ist dabei das perfekte Zeitmanagement. Unerwünschte Fahrgäste werden auf exakt 93 cm an die noch geöffnete Tür herangelassen.
Der PS-Lord weidet sich am Gesichtsausdruck der abgehetzten Opfer, denen zuerst die Freude ins Gesicht geschrieben steht, das Transportmittel doch noch zu erreichen.
Dann...ein asthmatisches Aufstöhnen der Hydraulik der Hochleistungsmaschine. Ein lautes Zischen und dann *"Klapp"*, das Zuschlagen der Falttür. Das Aufheulen des Motors. Go! Ein neuer Geschwindigkeitsrekord in Mitten der stark belebten Innenstadt.
And the Winnnnerrrr iiiiiiiis...the *"King of the Road"*.
Zurück bleiben die mental vernichteten Untertanen. Ein Gefühl der Erleichterung bei denjenigen, die es bis in den Bus geschafft haben, stellt sich ein. Aber es hält nicht lange vor – denn im Bus gibt es keine wirkliche Solidarität beim niederen Volk; es geht einzig und allein um den persönlichen Vorteil.
Jeder kämpft für sich einen einsamen Kampf um einen Sitzplatz. Es gibt keine Freunde - nur Feinde. Die Maske fällt im Kampf. Jeder Fahrgast ist vom Charak-

ter her ein verkappter Fahrer. Eiskalt. Bestialisch. Gnadenlos.

Eine Krähe hackt der anderen kein Auge aus? Weit gefehlt! Am schlimmsten sind die alten Vögel. Von wegen Weisheit des Alters. Im Kampf um den besten Fensterplatz kommt es zu Mysterien biblischen Ausmaßes. Blinde sehen, Lahme gehen und Stumme schreien.

Keinem potenziellem Aussteiger aus dem Vehiculum Infernaliae gelingt es, gegen die eindringende Meute greiser nach Rheumasalbe, Körperpuder und Mottenpulver müffelnder Zahnprothesenträger anzukommen. Rentner sind erbarmungslos, skrupellos, zahnlos und weltkriegserfahren. Und Sie sind dank Alterssturheit und Renitenz völlig uneinsichtig. Duelle mit Regenschirmen, und Schlägereien mit Handtaschen sind üblich. Jedes Mittel ist Recht. Schließlich geht es um etwas wirklich Wichtiges.

Wurde dann endlich der Sitzplatz ergattert, folgt die öffentliche Zurschaustellung von Schnappschüssen der Enkelbrut, Familie oder die Verkündung von lustigen Krankengeschichten.

Ich kann Busfahren nicht ausstehen. Echt nicht. Aber ich habe daraus gelernt. Ich fahre wieder Rad. Und immer, wenn ich mit dem Rad einen Bus überhole, sehe ich die wirbelnden Schemen von Schirmen, Handtaschen und vernehme die Schreie der Verdammten aus der Hölle auf Rädern.

Dann verspüre ich es wieder, dieses ungeheure Glücksgefühl von Freiheit und Abenteuer.

„Sol lucet OMNIBUS"…die Sonne scheint für jedermann…und ganz besonders für MICH.

Jedem seine Hölle...und mir bitte zwei!

Das Wochenendeinkaufen in der Innenstadt nimmt die übliche Gestalt an.
Tausende und Abertausende von Menschen fluten die City im allerbesten Konsumrausch zwischen alltäglichen Notwendigkeiten und völlig nutzlosem, unbrauchbarem, überteuertem Mist.
Inmitten der Menschentrauben befindet sich eine Rotte dauergrinsendes, mit schwarzen Hosen, weißen Hemden und schwarzen Schlipsen bewehrtes, völlig uncharismatisches, hässliches, pickeliges, vornehmlich männliches Jungvolk.
Die weibliche Variante trägt adrette Kostüme in erfrischendem Steingrau und grinst noch breiter.
Alle tragen lustige Namensschilder, natürlich in flottem schwarz. Sehr hilfreich.
Cool. So was will ich auch.
Und schon erfolgt die unvermeidliche Ansprache. Amerikanischer Akzent.
„Entschuldicken Sie, Sörrr?" (Erwartungsvoller Blick und kleine rhetorische Pause) „Dörfen wir mit Ihnen über Gott sprecken?"
Igitt. Sektenvolk. Mormonen noch dazu. Ich kann Mormonen nicht ausstehen. Völlig humorloses Pack.
Allerdings gibt es auch einen erheiternden Aspekt. Vielweiberei. Die Heiligen der Letzten Tage sind da durchaus lebensfroh. Zumindest die Kerle. Eine geniale Idee. Soviel Weibsvolk, wie „Mann" will. Zwei Drittel davon schickt man zum Talerchen anschaffen, die anderen kümmern sich um Kinder, Küche und Bett. Vielleicht vermag ich dieser Glaubensrichtung doch noch etwas abzugewinnen?

Mein „Liebäugeln" endet jäh, als *„Sister Beaver"* ihr Interesse an meinem Seelenheil entdeckt. „Sister *Beaver"* ist eindeutig „zwei Öltanks", quadratisch, kompakt, voller heiligem missionarischem Eifer und Sommersprossen. Ihr Name ist als verbindliche Aussage zu betrachten. Ein riesiges, rotpelziges Nagetier mit dramatischem Überbiss.
Nein. Ich will das lieber doch nicht. Schon gar nicht so ein monströses, völlig irrsinnig dauergrinsendes Bieberweibchen aus Sektenhausen.
Ich erfahre noch beiläufig auf meiner Flucht vor dem rotbefellten Mammutnager, dass ich gerade erfolgreich mein Seelenheil gekillt habe. Auf mich wartet also nach meinem Ableben ein ziemlich heißer Ort. Besser als jede Sauna.
Ich mutmaße allerdings, dass er mir nicht wirklich viel anhaben kann. Es ist physikalisch und biologisch unmöglich, so ganz ohne Körper, zentrales Nervensystem, Hormone und Schmerzempfinden auch nur annähernd unter Torturen zu leiden.
100 Meter weiter erwartet mich schon die nächste Versuchung, meinem Leben einen neuen Sinn zu geben. Sie ist Ende 80, blickt genauso irrsinnig drein wie die Mormonen...und singt. Nicht schön...aber laut. Genau wie damals im Kino. Beim Leben des Brian. „Jehooova...! Jehooovaaa!" erschallt es.
Ich kann Zeitungsdrücker nicht ausstehen. Und diese Oma schon überhaupt nicht. Ich verweigere die Annahme des unverbindlichen und kostenlosen Probeexemplars der Postille des ewigen Seelenheils. In Folge stecke ich einen weiteren Höllenaufenthalt zusammen mit einem Mustertütchen ewiger Verdammnis ein.

Mein Fluchtweg führt mich an den Jüngern von L.Ron.Hubbard vorbei.
Nein...ich schöpfe mein Potential vollkommen aus. Nein...ich will wirklich kein Seminar über Dianetik mitmachen. Und weiterhin nein...mein Geld bleibt bei mir.
Den Chorus der „Gemeinde Gottes" vernehme ich schon von weitem. Ich umgehe das Gebiet des musikalischen Sondermülls und neochristlichem Liedgutes nebst schrägem Gitarrengeklampfe weiträumig.
Im Grunde genommen ist das „Opium fürs Volk" eine geniale Marketingidee für einen nicht greifbaren Artikel. Es lässt sich teuer verkaufen, ohne irgendeinen Vorteil oder eine Leistung nachweisen zu müssen. Keine Lagerhaltungskosten, keine Einkaufskosten und das Personal arbeitet oftmals unentgeltlich. Allerdings können die Nebenwirkungen dieses Produktes zuweilen beträchtlich sein. Psychotrope Anwandlungen sind eine böse Sache. Gelegentlich enden sie sogar tödlich. Andererseits...wen juckt es? Es ist nicht bekannt, dass Verblichene zurückkehrten, um zu reklamieren. Erstaunlich ist, dass nicht einmal die deutschlandbeherrschende, allgegenwärtige und omnipotente Versicherungs-Industrie diesen Vorläufer ihres eigenen Sortiments für sich selbst aktivieren konnte. Religion ist der Prototyp der Assekuranz, wird aber nicht kontrolliert. Wo bleiben eigentlich Stiftung Warentest und die Verbraucherschutzverbände, wenn man sie mal braucht?
Ich passiere schnellen Schrittes den Stand der Wagenknecht-Sekte, die noch mehr verspricht und noch weniger hält, als der gute alte Ablassbrief.
Und plötzlich habe ich eine Eingebung.

Ich erwerbe eine Sackkarre und vier Kisten Koma-Pils. Dazu 100 Bratwürstchen und Nackensteaks, Ketchup, Senf, Majo, Billigtoast und zwei Grills nebst Grillkohle. Dann flinken Schrittes ab in den Park. Dort gründe ich voller Freude meine eigene Sekte, *„Die Gemeinschaft des Höllenfeuers".*
Die ersten 20 Novizen und Novizinnen sind schnell gefunden. Ich stelle spontan ein paar Gebote auf und schenke reichlich Messbier aus. Dazu reichen wir Buttertoastoblaten und Grillfleisch vom Fleische der Tiere des Herrn. Im Anschluss rufe ich mich einstimmig zum Papst aus. Wenn schon...denn schon.
Habemus Papam. Inflammatum esse BBQ. Amen.

Nachsatz:

Grillen ist eindeutig eine Männerdomäne. Religion nicht. Mannsvolk liebt die Herausforderung durch das Feuer und die Zubereitung der frisch gejagten Beute. Es ist archaisch und gut so. Und auch, wenn böse Zungen dem Volk das Grillen vermiesen wollen: BBQ ist gesund und lecker zugleich. Und damit Basta. Und wem das nicht passen sollte, der mag sich mitsamt seinen Gemüsespießchen, Tofuschnittchen, Müslischälchen oder Sojawürstchen dahin verfügen, wo der Veganer in seiner ganz eigenen Hölle voller Nahrungsmittelergänzungsstöffchen leben muss. Bier gibt es da bestimmt auch nicht. Nur Kräutertee, stilles Wasser, Sojadrinks und für die ganz Verwegenen politisch korrekte Apfelsaftschorle von ganz echten Bio-Äpfeln, die garantiert an einem echten Baum pflanzlichen Ursprungs gewachsen sind, der bei Vollmond von 12 veganen Jungfrauen mit politisch korrekter Einstellung gepflanzt wurde.

Mein Freund Wolle

Ich mag meinen Freund Wolle. Und er mag mich. Nur wenige Menschen schenken mir so viel Aufmerksamkeit wie er.
Er ist stets bemüht um mich. Nimmt Anteil. Und er ist als wirklich guter, wenn nicht sogar bester Freund, in nahezu allen Bereichen des Alltags präsent.
Ich hatte ihn lange aus den Augen verloren. Aber...und das zeichnet gute Freunde nun einmal aus... er mich nicht.
Ich habe mich schon des Öfteren gefragt, wie er das nur alles unter einen Hut bekommt. Die schwere Arbeit. Dazu all die öffentlichen Verpflichtungen. Und dann...erschwerend...das körperliche Handicap. Es ist nicht leicht, so ein Leben im Rollstuhl.
Aber: Das Leben ist kein Ponyhof. Aber wenn es das wäre, dann hätte mein Freund Wolle bestimmt ein Rennpferd mit Sulky. Und er wäre damit einer der schnellsten auf der Rennbahn.
Gut...er wäre sicherlich ein Hardliner im Wettkampf. Vielleicht sogar verbohrt. Verbiestert. Rücksichtslos. Doch letztendlich würde er es nicht wirklich böse meinen. Er ist halt 150 %-ig.
Mein Freund Wolle ist ein denkender Mensch. Er denkt komplexer und weiter als andere Menschen. Das alles völlig unaufgefordert. Einfach so, zu unser aller Bestem.
Dank Wolle werde ich zum Beispiel niemals von Terroristen befallen werden.
Wolle ist ein guter Beschützer. Und...wer nichts zu verbergen hat...hat doch auch nichts zu befürchten, oder? Manchmal frage ich mich, womit ich all diese Fürsorge verdient habe? Bei allem, was er so über

mich weiß? Meine bewegte Sturm- und Drangzeit. Nachträgliche Kriegsdienstverweigerung. Friedensbewegung. Anti-Atomkraft-Bewegung. Lange Haare. Lederjacke.
Aber...als guter Freund lächelt er nur milde.
Nobody's perfect. Auch Wolle nicht. Aber darüber sehe ich gern hinweg. Als kleine Revanche.
Natürlich bekommt Wolle meine biometrischen Daten. Fingerabdrücke. DNA. Ernährungsgewohnheiten. Sexuelle Gepflogenheiten. Privates Umfeld.
Wolle macht schließlich nur seinen Job. Und der ist hart.
Mein Freund ist wie der Weihnachtsmann. Omnipräsent und gute Gaben verteilend.
Gestern, als ich meinen Briefkasten leerte, fand ich all meine Post geöffnet und sortiert vor.
Und irgendwo in der Ferne vernahm ich das leise Quietschen der Räder von Wolles Rolli.
Der Gute.
Ich habe ihm sofort ein Kännchen Öl auf die dritte Treppenstufe gestellt. Leicht erreichbar für ihn. Denn ich bemühe mich auch, ein guter Freund zu sein.
Jetzt höre ich ihn nicht mehr. Aber ich bin mir sicher, dass er stets in der Nähe ist. Väterlich besorgt.
Vorhin, beim Telefonieren, kam ich doch plötzlich ins Grübeln. Dieses merkwürdige Knacken und Knistern. Die Vögel auf der Leitung? Ich Dummerchen.
Ich wagte den Versuch.
„Hallo, Wolfgang...hörst Du mich?"
Und mir war, als hörte ich, weit, weit entfernt die deutsche Nationalhymne. Und ein leises Kichern.
Ich bedankte mich höflich für alles, ohne eine Antwort zu erhalten. Aber...so ist mein Freund Wolle. Freundlich. Dezent. Fürsorglich. Bescheiden.

Ich mag Dich, Wolle, wie einen großen Bruder...und nochmals vielen Dank für alles. Und beste Grüße an Angela. Versprochen?

Nachsatz:

Ich möchte hier nicht den Eindruck einer gewissen Politikverdrossenheit erwecken. Oder vielleicht doch? Zu den Zeiten von Facebook-Zensur, totaler Mail-, Post- und Telefonüberwachung, Vorratsdatenspeicherung, der „Frei-Haus-Lieferung" aller persönlichen Daten an „Uncle Sam", den „EU-Toleranzgesetzen", der Aufhebung des Bankgeheimnisses, Dauerschelte durch die Medien gegen die politisch unkorrekt handelnden Bürgerscharen, der permanenten Selbstbedienung von Parteien, Politikern, Konzernen...da könnte schon ein wenig Verdrossenheit aufkommen. Aber immerhin gibt es ja noch die Satire, mit der sich das eine oder andere Thema in homöopathischen Einheiten teilbewältigen lässt.

Eigentlich ist es nur noch eine Frage, wie lange es dauern wird, bis eine Humor-Kontroll-Behörde gegründet wird, die überwacht, ob und in welchem Maße sich der gesunde Bürger über welche Themen amüsiert und ob er das überhaupt darf. Unerlaubtes Lachen, noch dazu über die hohe Obrigkeit, wird dann mit der Neujahrsansprache der Staatsführung mit nicht unter eintausend Wiederholungen bestraft.

Also...immer schön brav bleiben...und nicht spotten oder ethisch unkorrekt lachen. Klar?

Nachbarn

Der unbestrittene Vorteil am Leben in einer Mietskaserne besteht im Vorhandensein von reichlich Nachbarschaft. Gesellige Kontakte bereichern das Leben ungemein, inspirieren und halten jung.

11.00 Uhr. Es klingelt Sturm. Die Verursacherin der Dauerlärmbeschallung, Nachbarin Lotti Gurgelbauer, ist 89 Jahre jung und etwa 155 cm groß. Sie erinnert mich stark an die Glöcknerin von Notre Dame und verfügt über einen beträchtlichen Vorrat an Demenz im Marschgepäck. Eine graue Lockenperücke anstelle eigener Haarpracht sowie ein ehemals weißer Hauskittel mit undefinierbaren Substanzablagerungen in Farbe und bunt runden das Bild ab.
„Entschuldigen Sie. Ich habe hier noch ein paar alte Scheiben Brot. Könnten Sie mir die wohl gegen frische umtauschen?" Der mitleidheischende und klagende Blick von Dobby, dem knittrigen Hauselfen aus Hogwarts, erweicht mein Herz.
Fassungslos drücke ich Ihr eine Tüte Brotschnitten in die Hand und komplimentiere sie nach draußen ins Treppenhaus.

12.00 Uhr. High Noon. Es klingelt Sturm. Frau Nachbarin steht erneut vor der Tür. In der faltigen, anscheinend seit Wochen nicht gewaschenen und mit undefinierbarer Patina überzogenen Hand, hält sie eine Scheibe Käse, die dick mit Butter bestrichen ist. Ohne Brot. Anscheinend handelt es sich um eine Form von Tribut für die gute Nachbarschaft. Ich nehme die bizarre Gabe entgegen, verabschiede mich und entsorge alles fachgerecht und hygienisch.

13.00 Uhr. Irgendetwas riecht stark angebrannt. Nichts wie rüber, bevor das Haus in Flammen steht. Es klingelt Sturm, wenn auch diesmal in umgekehrter Richtung. Lotti G. öffnet die Tür und beschwert sich über den Klingellärm. Wie könne ich sie nur beim Telefonieren mit Ihrer Nichte stören? Die dicken Rauschschwaden aus Ihrer Küche, die bereits den Flur füllen, stören sie nicht.
Plötzlich kommt sie zu einer Erkenntnis: „Oh…meine Kartoffeln!"
Die Herdplatte glüht rot und der inzwischen wasserlose Topf produziert fleißig Schwaden aus vier kleinen, tiefschwarzen Klumpen, die mal Kartoffeln gewesen sein müssen. Der beißende Qualm zieht durchs Treppenhaus in meine Wohnung. Hurra! Ich beseitige schnell das Fiasko und entsorge den Topf nebst Inhalt in die Spüle.
Der anschließende Protestanruf bei der Vermieterin bleibt erfolglos. Ich bekomme den Rat, nächstes Mal die Feuersbrunst zuzulassen. Das sei ein probater Grund für eine Kündigung.

14.00 Uhr. Zigarrengestank kommt aus meiner Toilette. Ein Stockwerk tiefer sitzt „Schnucki", der letzte deutsche Arbeiter, auf dem Klo. Seine Freude Vodka und Zigarre stets bei sich, pöbelt er aus dem Verlies seine Frau an. Schnuckis Liebste revanchiert sich nach Kräften. Ich lerne neue Ausdrücke kennen, die mir die Sprache verschlagen.

15.00 Uhr. Es klingelt mal wieder Sturm. Frau Nachbarin benötigt Salz. Gott sei Dank…Salz brennt wenigstens nicht.

16.00 Uhr. Der Gang zum Mülleimer erweist sich als überflüssig. Großfamilie Klöpper aus dem EG hat die frisch geleerten Tonnen in Rekordzeit bis zum Anschlag mit leeren Konserven, Einwegflaschen, Fuselflaschen, duftenden Windelgebinden und bunten Junkfood-Verpackungen vollgemüllt. Ich fluche vor mich hin und weiche unauffällig auf die Tonnen der Nachbarhäuser aus.

17.00 Uhr. Wasserschaden in der lustigen Sponti-WG aus dem Obergeschoss. Das passiert, wenn Laien mal eben die Waschmaschine selbst reparieren. Ich stelle ein paar Eimer auf und meditiere über die interessanten, braunen Muster auf meiner vor wenigen Minuten noch weißen Tapete.

18.00 Uhr. Fernsehterror aus der Residenz Gurgelbauer. Nach 15 Minuten Klingeln öffnet sie ein wenig vergrätzt die Tür. Immer diese Störungen.
„Wie? Was? Wer? Wieeee? Ach stimmt ja…Hörgerät vergessen!" Sie verschwindet wieder in der Räucherkammer. Immerhin stinkt es kaum noch nach Rauch.

19.00 Uhr. „Schnucki" und Frauchen werden nach reichlichem Alkoholgenuss handgreiflich. Wie fast jeden Abend. Ein Wunder, dass sie überhaupt noch Geschirr zum Schmeißen haben.

20.00 Uhr. Ruhe. Ich werde nervös. Ruhe um 20.00 Uhr ist unvorstellbar. Aber dann folgt auf dem Hof der Burnout-Versuch am frisch frisierten Mofa der Klöpper-Brut. Mein Weltbild ist wieder hergestellt.

21.00 Uhr. Spontanes Grill-Event der Klöppers. So viel Spaß mit dem Mofa macht eben hungrig. Lärm, Gestank und weiterer Restmüll für die überquellenden Mülltonnen. So muss das sein.

22.00 Uhr. „Schnucki" will mitgrillen. Leider hassen die Klöppers „Schnucki". „Schnuckis" Angetraute tanzt inzwischen nur mit dem Pyjama-Top bekleidet einen aufschlussreichen Limbo unter einem schnell installierten Besenstiel. Der Anblick ist für immer in mein Hirn gebrannt. Klöppers haben soeben „Schnucki" zum Müll in eine der Tonnen geklöppert, während Frau „Schnucki" lustiges Restesaufen macht. Frau Gurgelbauer gesellt sich zur Grillparty. Sie schleppt ein Netz Kartoffeln mit. Dabei hatte sie heute doch schon.

22.15 Uhr. Rauchschwaden kommen aus den Fenstern der Gurgelbauer-Wohnung. Ich stürme die Treppen hoch, berge meine Versicherungsunterlagen, DVD's Zahnbürste, Decke, Campingliege und Brieftasche, flüchte eilig aus dem Gefahrenbereich und halte mich an den Ratschlag der Vermieterin.
Die Nacht ist kurzweilig, aber unkomfortabel. Von der anderen Straßenseite aus verfolge ich die Löscharbeiten der Feuerwehr. In den frühen Morgenstunden röste ich ein paar Kartoffeln aus dem Gurgelbauerbestand in der Restglut des abgebrannten Hauses und zische dazu ein paar Restanten Komapils aus dem Klöppervorrat.
Anscheinend benötige ich eine neue Wohnung. Hoffentlich finde ich wieder etwas Passendes mit guter Nachbarschaft. Wer lebt schon gern allein?

TV ist geil.

Zweifelsohne ist Fernsehen eine der wirklich großen Erfindungen der Menschheit. Ich könnte nicht mehr ohne. Es ist einfach toll. Easy. Lustig. Unterhaltsam. Lehrreich. Inspirierend. Informativ.
Dank Fernsehen sind Schulen, Universitäten, Bibliotheken und andere ehemalige Tempel des Wissens nahezu überflüssig geworden. Fernsehen eröffnet eine schiere Unendlichkeit neuer Perspektiven und Möglichkeiten, die sich mir sonst niemals offenbart hätten.
Durch das Fernsehen habe ich gelernt, dass die Geschichte der Menstruation aus Missverständnissen besteht und dass Frauen blaublütig sind. Die Ersatzflüssigkeit beweist es eindeutig.
Mein Schneidebrett in der Küche hat mehr Krankheitskeime als meine Klobrille. Ohne den reichhaltigen Einsatz von *„WischWaschWeg"* bin ich zum Tode verurteilt. Also kaufe ich es. „Who wants to live forever"? Ganz klar…ich!

Dank *„Vital-Cornflakes"* kann ich endlich so viel essen, wie ich will. Wenn auch nur von den ollen Flocken. Aber egal. Der Bauch muss weg.
Wenn das Aroma von Altpapier und ein „Mouthfeel" von Wellpappe helfen, dann her damit. Meine inzwischen vorhandene Anämie bekomme ich schon wieder in den Griff. Ich liebe die längste Praline der Welt und möchte zu gern Jana aus Werle damit erobern.
Wo steckt das Luder nur?
Vielleicht bei Vera? Oder Britt? Das Tagesthema…
„Ich stehe auf Dreier und bin Schokoholic!"

Ich muss mich endlich casten lassen. Jauch, Supertalent, Superstar, Suppenküche…wie sind die bisher ohne mich ausgekommen? Ich komme doch auch nicht ohne die aus.
Die Küchenchefs und Kochprofis, Rosin, Zacherl, Hensler, Rach, der sauertöpfische Magenbitterling, Küchenschlacht und Kochduell und die anschließende Knorr-Werbung mit Pfanni-Gefühl…ich könnte nicht mehr ohne.

Seit Arabella weiß die Menschheit um einen neu zu berücksichtigen Hominiden innerhalb der Evolutionstheorie. Er ist dem Homo Sapiens nachgelagert. Ich nenne ihn den Homo Vulgaris. Keine Steigerung, sondern Degeneration.
Er beherrscht einen nahezu aufrechten Gang und trägt gepflegte Jogging-Kleidung und Goldkettchen. Er kommuniziert gelegentlich sogar in 3-Wort-Sätzen mit meist pseudo-osmanischem Akzent und ernährt sich von in leckeres Junk-Food umgesetzten Hartz4-Leistungen. Sein Verhalten ähnelt dem eines wütenden Berggorilla-Männchens.
Grunzen, Brüllen, Zähne fletschen und mit den Fäusten auf der Brust trommelnd. Das Bildungsniveau einer Pellkartoffel. Die Weibchen präsentieren im Hugo-Rausch wahlweise Gesäß oder Oberweite. Köln 50667? Kira macht ein Dessous-Fotoshooting? Geil…da ziehe ich auch ein. DAS will ich. Lasst mich teilhaben.

Big Brother und Utopia, GZSZ und Verbotene Liebe …mein TV Tag hat 25 Stunden und ich überstehe ihn schlaflos dank Kaffee, Cola, Chips und mehreren 50"-Monitoren in Küche, Bad, Keller und Garage. Künftig werde ich meine Sätze erheblich verkürzen. Es geht bestimmt viel schlichter. Ich werde öfter brüllen. Mir maskulin in den Schritt greifen. Mich fortwährend am Hintern kratzen. Man lernt dazu...boah ey...krass. Bier und Bild statt Cabernet Sauvignon und Handelsblatt. Ab morgen beginne ich mit Frauentausch. Ich will so ein prolliges Homo-Vulgaris-Weibchen mit riesigen Hupen und in hirnlos. Wir werden uns paaren, bis die sich die Tapeten von den Wänden rollen und weitere Homo-Vulgaris-Brut in die Welt setzen. Für die strengsten Eltern der Welt.

Dann lassen wir uns die Supernanny kommen. Und legen sie flach. Gemeinsam.
Als finalen Kick treffen wir uns dann bei Barbara Salesch. Der rotschopfige Paragrafen-Pumuckel versteht uns zwar, muss uns aber dennoch zur Therapie verurteilen. Bei Verena Breitenbach. Oder Kallwass. Das mit den Prozesskosten regelt der Requard. Und Hagen hilft.
Danach wird ausgewandert. Nach Lampukistan. Wir sehen uns dann wieder bei RTL. Zur besten Sendezeit. Zappen verboten, klar ey? Sonst hol isch mein Brüder.

Nachsatz:

Leider ist das TV mit seinen Neuschöpfungen von Sendeformaten erheblich schneller, als ich Schreiben kann. Ich entschuldige mich hiermit förmlich und in aller Demut bei all denjenigen, deren Sendungen ich hier leider nicht berücksichtigt habe und gelobe Besserung. Da geht noch was. Versprochen!

Familienfeier

Hurra. Endlich ist es wieder soweit. Showtime im Kreise der Lieben. Das Happening steigt ab 15.00 Uhr bei Großmutter auf dem Lande. Das Enkeltochterkind ist happy und freut sich, denn es mag Oma und Opa sehr. Es mag auch die diversen Tanten, den Onkel, zwei Cousinen, die vier durchgeknallten Katzen und die zwei Hunde. Man lebt eben ländlich und großfamiliär.
Traditionsgemäß bereite ich mich auf diese Verlustigung erster Kajüte gründlich vor. Meditation, 2 ASS. 5 Löffel Nervocalm und auch ein Gebet könnte nützlich sein. Man weiß ja nie. Den Transport ins Land der Verheißungen übernimmt Opa im firmeneigenen Kleinbus. Als wir in der kleinen Urbanisation ankommen, hat sich nichts verändert. 1 Gutshof, einige Häuser und ein Neubaugebiet mit etwa 100 Legohäuslein Marke Einheitsklotz. Oma und Opas Haus ist groß, geräumig und voller Aufstellerchen und Hinguckerchen. Oma mag Dekorationsartikel sehr. Ein prähistorisches tibetisches Zwergwollschwein stürzt auf uns zu und verbellt uns nach Kräften. Die kleine schwanzwedelnde Presswurst auf Pfoten ist Opas Lieblingswachhund und war in jungen Tagen ein Cockerspaniel. Aber das Alter und die vielen Hundeleckerlies sind gnadenlos.
Wir nehmen in den Wohnhöhle Platz. Alle Katzen sind schon da. Die erste verpasst mir ein lustiges Krallenmuster auf dem Handrücken und die zweite kotzt auf den Teppich. Katze 3 pieselt meiner Frau auf die achtlos beiseitegelegte neue Jacke während Numero 4 mitten auf dem Tisch mit allen 4 Pfoten in der Erd-

beertorte steht. Solche lustigen Pfotenprints sind in Katzenkreisen legendär.

Es klingelt. Das wilde Hühnergegacker, hysterische Gelächter und Rumgepluster lässt mich meine Schwägerinnen und deren bier-, kippen- und fussballaffine Begleiter sowie den Schwager nebst Weib vermuten. Vier Hochleistungsraucher auf immerhin drei Asthmakinder. Abhärtung steht an. Was uns nicht umbringt, macht uns nur härter und eine schwarze, steinharte Lunge hält bekanntlich ewig.

Es wird lauter. Der Schwager und seine Frau betreten die Szene. Beide sind Kettenqualmer aus Leidenschaft. Zwei der Asthma-Kinder sind seine. Na und? Wen juckt das schon. Ihn jedenfalls nicht.

Opa hat sich inzwischen in sein Eckchen verkrümelt, trinkt Kaffee, nascht heimlich ein Schokodingens und pafft. Als es sich herumspricht, dass er Schokolade und Kippen hat, steigen die anderen Nikotinisten mit ein. Der mopsige Hund hatte inzwischen Jagdglück in der Küche und rast mit 2 Pfund Kalbsfilet zwischen den Beißerchen durch die Bude. Leider ist das Stück zu groß zum Schlucken oder Ausspucken – aber Beute ist Beute. Selbst wenn Wauzi daran erstickt.

Der potenzielle „Demnächst-Schwager" beschließt einen Angrillversuch. Der gutgemeinte Hinweis, dass es strategisch unklug sei, Spiritus aus einer Flasche in die Glut zu kippen, wird ignoriert.

Es ertönt das vertraute „Wupp!" und die spontane Stichflamme verschönt den Moment spektakulär. Sieht echt cool aus, der neue Look so ganz ohne Augenbrauen. Die ihm vorbestimmte Partnerin für die lebenslange Zukunft hat vom Vorgang nichts mitbekommen und schießt sich derweil mit den anderen Damen proseccotechnisch ab. Die jüngste der

Schwestern demonstriert, dass sie noch mehr vertragen kann und steigt auf Rotwein um. Dann schiebt sie ihrem Lover die Zunge in den Hals und friemelt ihm 200 Euro in die Jeans. Wer gut verdient, der will auch Spaß haben. Und ein mittelloser Student, der gratis bei ihr wohnt, braucht ab und an auch mal etwas Klimpergeld. Frauchens Bruder hat gerade drei Flaschen alkoholisches Bitzelwasser und seine letzte Schachtel Kippen eliminiert. Nun verspürt er Hunger. Dank seiner Dauerpafferei ist er dürr wie ein Skelett, hat aber das Fressverhalten einer Hyänenmeute. Große Freude bereitet ihm sein lautstarkes musikalisches Begleitprogramm aus Rülpsern und Blähungen. Mein Geschenk an ihn ist ein Künstlername: Onkel Blitzmaul Pupsback. Irgendwann oute ich das dann mal. Schwiegeroma ist stolz auf ihren einzigen männlichen Sprössling und lächelt anerkennend zu jeder Flatulenz. Sie drückt ihm diskret ein paar Hunderter in die Hartz-Empfänger-Hand, während er ein halbes Dutzend Bratwürstchen quer veratmet und meckert, dass kein Kalbsfilet da ist.

Das Filet liegt inzwischen auf dem Teppich unter der schwarzen Wollpresswurst auf Pfoten, die als wildes Tier heldenhaft die Rückgabe der Beute verweigert. Schwiegeroma ist sich sicher, dass Diabetes überbewertet und Schokolade einfach zu lecker ist, um ignoriert werden zu können. Das bedeutet das Ende der Toblerone, der Rocher-Packung und der Milka. Inzwischen arbeitet das Grillwunder vor sich hin. Das Fleisch stammt von einem fabulösen Markt in Polen und schimmert in allerlei faszinierenden Farbtönen. Wahrscheinlich leuchtet es nachts.

Die Prosecco- und Rotweinschwester liegt inzwischen neben ihrem Mageninhalt quer über dem Kompost-

haufen. Der studentische Aushilfslover durchstöbert ihre Taschen nach weiteren Hundertern…Kleingeld hingegen mag er nicht. Die Gelegenheit ist zu günstig, um sie ungenutzt verstreichen zu lassen.
Der Grill produziert heftige schwarze Schwaden. Ich rechne mit einem baldigen Besuch eines Indianerstamms. Das Fleisch? Schwarzbunt.
Die Kompostschwester erhebt sich und besteht darauf, doch noch mit dem Auto zu einer Party fahren zu wollen. Inzwischen sitzen die Asthma-Kinder hustend und mit grellroten Augen vor dem 50-Zöller und genießen das altersgerechte Fernsehprogramm. Wer von uns mag nicht das Texas-Chainsaw-Massaker?
Ich kaue inzwischen auf einem schwarzen Stück Leder vom Grill, das Onkel Blitzmaul übersehen hat. Es befriedigt nicht wirklich. Unter dem Tisch taucht eine Katzenpfote auf und stibitzt das letzte Fleisch vom Teller. Was solls. Das blöde Biest wird schon merken, was es davon hat. Ich spüle mein Lederstück mit Wasser aus der Flasche runter. Besser kein Risiko eingehen. Wie war das doch gleich? Man soll gehen, wenn es am Schönsten ist? Stimmt auffallend. Also schnappe ich mir Frau und Tochter, stopfe sie ins gerade angekommene Taxi und verlasse die Szene schnellstmöglich. Auf dem Rückweg schnell beim Burger-Meister vorbei. So langsam stellt sich Hunger ein und unbedenkliches Fleisch hat seinen Vorteil. Zuhause lande ich vorm Fernseher…diesmal mit meinem eigenen Programm. Ich stabilisiere meinen Gesamtzustand mit ausreichend Fritten, Burgern und Bier aus meiner privaten Kiste. Allerdings sollte ich trainieren. Denn in einem Monat ist die nächste Party. Bis dahin muss ich wieder mental bei Kräften sein. Toi, toi, toi!

Dantes Inferno

Nach dem morgendlich obligatorischen Ritual der Reinigung, dem ersten koffeinhaltigen Heißgetränk und der Inspektion des Kühlschranks nach verwertbaren Resten kalorienhaltiger Substanzen erfolgt der Griff zur Fernbedienung.
Während Weicheier sich dem Morgenmagazin widmen, gönnt sich ein echter Hardcore-TV-Junkie das volle Brett in Form von N24, Phoenix und NTV.
Springer und Co. versprechen ein Unterhaltungsprogramm höchster Subtilität. Ich kann nicht mehr ohne. Weltwirtschaftskrise, Währungskrieg, Wirtschaftskrieg, Ukraine, Syrien, Ströme von Menschenmassen, die sich nicht scheuen, Landesgrenzen zu überschreiten und Zäune niederzureißen…dagegen sind biblische Schrecken harmloses Kasperletheater auf Sesamstraßenniveau. Die Tatsache, dass der Ölpreis fällt, erfreut den Autofahrer. Leider weiß er nicht, dass davon ganze Volkswirtschaften abhängig sind und so Kriege entstehen.
Alle paar Minuten spendiert mir mein Freund TV das gewisse Antlitz mit den Hängebacken, der furchtbaren Frisur und den noch furchtbareren Durchhalteparolen. Da Mutter Courage weder Mutter ist noch Courage besitzt, überzeugt mich das Ganze nicht. Und somit ist schon wieder die Laune für einen ganzen Tag im Mülleimer gelandet.
Plötzlich klingelt es Sturm. So früh am Morgen? Wie ungewöhnlich. Ich öffne die Tür. Vor mir steht mein höchstpersönlicher und definitiv nicht von mir gewählter Bürgermeister mit einigen hartnäckigen Vasallen aus seinem Hofstaat, die mir auffordernd vier bunte Sammeldosen unter die Nase halten. Der Auf-

druck *„Freiheit statt AfD"* ist plakativ. Ich verstehe sein Problem. Es ist mal wieder Wahlkampfzeit und er bangt um seinen Job. Und die Parteienkasse ist bedenklich leer. Seit die Kommunen beschlossen haben, pleite zu sein, sitzt das Geld nicht mehr so locker wie früher.
Ich werfe einen Euro ein und ernte ein großes Kontingent vorwurfsvoller Blicke. Anscheinend erwartet man von mir eine Rechtfertigung für die geringe Spende und die verbindliche Zusage, niemals AfD wählen zu werden. Ich mag die ebenso wenig wie die anderen Parteien und würde sie eh nicht wählen. Aber muss mein Bürgermeister-Blockwart jetzt auch noch die politisch korrekte Gesinnung bei mir einfordern? Wie ich von ihm erfahre, handelt es sich bei der neuen Partei um den parlamentarischen Antichristen und bei seinen Anhängern um verdammte Seelen, die nach ihrem Ableben in einer ganz speziellen Hölle für Menschen, die ihre Wahlstimme der falschen Partei spendiert haben, landen. Und irgendwie kommt mir der Klagegesang bekannt vor. Das gab es doch schon damals bei den Grünen. Und dann bei der SED…äh…falsch…PDS…Mist…wieder nicht…den Wagenknechten…auch falsch…ach ja…der Linkspartei. Und in Folge bei den Piraten, die ich in der Tat mal als ganz unterhaltsam empfunden hatte. Ich kaufe mich mit mehreren 5-Euro-Lappen frei, die ich eilig in die Sammeldosen quetsche. Der Tross zieht weiter. Gleich wird es meinen Nachbarn erwischen. Ich flüchte in meine Wohnung, schlage die Tür zu und sprinte ans Telefon, um ihn noch schnell zu warnen. Doch zu spät. DAS hat er nicht verdient. Durch das Treppenhaus ertönt wieder Bürgermeisters Sermon nebst Sammeldosengeklapper. Gibt es einen Gott, der so

etwas zulässt? Warum ich, oh Herr? Warum der arme Nachbar? Und warum kapiert eigentlich niemand, dass es sich bei neuen Parteien nur um Sammelbecken für die abgehalfterten, ehemaligen Hinterbänkler der sogenannten etablierten Altparteien handelt?
Würde der Bürger Dinge verstehen, dann gäbe es eine Revolution noch vorm Feierabendbierchen. Aber der deutsche Bürger ist kein Revolutionär…er ist Wähler. Stimmvieh. Und so wählt er seit Beginn der Republik immer wieder im steten Wechsel dieselben Parteien mit denselben Kandidaten und wundert sich, dass sich einfach nichts für ihn verbessert.
Es klingelt wieder Sturm. Endlich. Die langerwartete Amazon-Lieferung. Ich öffne voller freudiger Erwartung, werde aber jäh enttäuscht. Bürgermeisters Gegenkandidat mit Gefolge und vielen bunten Sammeldosen, die den Aufdruck *„Nie wieder Nazis…niemals AfD"* tragen. Die politischen Inhalte der Parteien scheinen auf das Wesentliche konzentriert zu sein. Ich ahne, was kommen muss und suche schon mal nach Schutzgeld, um mich freizukaufen. Doch ich habe unerwartetes Glück. Des Nachbarn Tür öffnet sich und Bürgermeister nebst Gefolge schwärmen wie ein Hornissenregiment ins Treppenhaus. Dort treffen sie auf den Gegenkandidaten. Die Luft beginnt zu knistern und deutlich nach Ozon zu riechen. War es nicht beim Leben des Brian ebenso verlaufen? Die Volksfront von Judäa prallt auf die judäische Volksfront? Es klingelt erneut, diesmal offensichtlich unten an der Haustür. Endlich. Mein Amazon-Paket. Ich drücke auf dem Summer. Plötzlich herrscht eisiges Schweigen. Der AfD-Kandidat mit Gefolge betritt die Szene. Und plötzlich entlädt sich alles in einem politischen Gewitter, wie man es sich sonst nur bei Friedmann, dem

nicht mehr koks- und hurenaffinen, aber dafür noch immer religiös dauerverfolgten Opfer, Moderatoren und Demagogen der Mainstreamsender, erleben darf. Tumult im Treppenhaus. Die drei Kandidaten nebst Gefolge haben sich mittlerweile ineinander verkeilt, prügeln mit Sammeldosen und Flyern aufeinander ein und rollen gleich einer Polit-Lawine in Richtung Erdgeschoss. Frau Kaschulke, unsere Hausmeisterin, fegt den politischen Unruheherd mit dem Hofbesen auf die Straße. Die Gute.
Mittlerweile hat es sich anscheinend herumgesprochen, dass vor dem Hause Boss eine unangemeldete politische Demonstration der AfD-Nazis stattfindet. Schwarzgekleidete jugendliche Pickelgesichter mit „Antifa-Shirts" kloppen und treten wahllos auf die Politlawine ein. Nun…für 45 Euro Landesmittel pro Nase und Stunde andere verprügeln zu dürfen…da kommt Freude auf. Ganz wie damals, als die SA noch diesen Job hatte.
Mittlerweile ist auch die Polizei eingetroffen. Anscheinend war man aufgehalten worden. Das nahegelegene Migrantenheim erfordert eben auch eine gewisse Aufmerksamkeit. Die offizielle Ordnungsmacht hat inzwischen den Bürgermeister erkannt und befreit, die Antifa-Bubis belobigt und die AfD-ler verhaftet. Schließlich kann man nicht billigen, wenn der rechte Mob das Viertel terrorisiert. Wo kämen wir denn da hin?
Es klingelt. Endlich. DAS muss jetzt aber mein Buch sein, auf das ich solange gewartet habe. Und richtig…endlich halte ich es in den Händen. *„Dantes Inferno"*. Da weiß man, was man hat. Und mal sehen, was morgen die Presse über die AfD-Extremisten zu berichten haben wird.

Klein…pelzig…niedlich.

„Ich will…" ist der Satzbeginn, mit dem oftmals das Unheil eingeläutet wird. In diesem speziellen Fall war es der Wunsch der perfekten Tochter, nennen wir sie einfach *„Supergirl"*, nach kleinen, kuscheligen Haustieren. Der Familienrat tagte und beschloss mit qualifizierter Mehrheit von „Supergirl" und „Supermom" den Erwerb von *„klein…pelzig…niedlich"*.

„Es ist an der Zeit, dass Tochterkind lernt, Verantwortung zu übernehmen. Sie ist alt genug dafür", stellte *„Superwife"* fachfrauisch fest. Und so zogen zwei wunderhübsche, kleine, pelzige und niedliche Zwergkaninchen ein. Die Neuzugänge wurden ausdauernd bewundert und geknuddelt, was sie dazu bewegte, sich in Hasenhausen im Holzhäuschen zu verschanzen und nur gelegentlich einen schüchternen Blick zu spendieren. Kein Wunder bei Winz-Kaninchen, die knapp dem Hoppelbaby-Stadium entwachsen sind. Nun war es tatsächlich so, dass der Familienzuwachs die gängigen Kuscheltier-Klischees erfüllte. Auch, wenn sie das mit dem Kuscheln eher ablehnten. Aber sie waren eben einfach *„nieeeedlich"*. Allerdings erwies sich die Kommunikation mit den neuen Mitbewohnern als eher unfruchtbar. Während kleine Katzen und Hunde durchaus der Kommunikation mächtig sind, ist es kleinen Hoppeltierchen egal, was man zu ihnen sagt, solange der Tonfall nur irgendwie passt. Nichtsdestotrotz wurden zwei Namen vergeben: Herr Trüffel (grau-weiß-getupft) und Frau Choco (braun) sind possierlich aus Passion. Kleine Pelztierchen, die durch die Wohnung hoppeln und alles untersuchen, sind definitiv eine Augenfreude. Wer jemals ein gähnendes kleines Langohr gesehen hat, weiß, dass dieser

Anblick zwangsläufig ein Lächeln beim Betrachter auslöst. Ich bin inzwischen zur Erkenntnis gelangt, dass Kaninchen strunzdämliche Zeitgenossen sind. Und die holde Weiblichkeit stimmt zu, insbesondere seit Herr Trüffel von mir den Künstlernamen „Hannes Kabeltod" verliehen bekommen hat. Kaninchen sind neugierig und benagen alles, was nicht ninchen- und nagelfest ist. Herr Trüffel liebt die lustigen Strippen, die aus elektrischen Geräten herauswachsen und unterzieht sie einer Belastungs- und Geschmacksprobe, wann immer er ihrer habhaft werden kann. Frau Choco beäugt das ganze Theater aus sicherer Entfernung. Wenn schon wer draufgeht...dann er. Die Art muss bewahrt bleiben. Also Herr Hase: Geh voran! Beide haben eine fatale Angewohnheit, Teppichboden abzuschreddern und aus den so erworbenen Fasern Nester anzulegen. Egal ob unter den Schränken, dem Tisch oder wo auch immer man sich verschanzen kann...es ist *immer* Nestbauzeit. Möbel werden ebenfalls der Geschmacksprobe unterzogen. Kein Stuhl, Tisch oder Schrank, der nicht über die lustigen Bissspuren verfügen. Eine Leidenschaft, die beide vereint, ist die Tapete, die in eine Höhe von bis zu 60 cm fachgerecht abgeweidet wird. Während sich Frau Choco mit Tapete und Pappkisten, die als Hasenspielzeug bereitgestellt werden, begnügt, ist Herr Trüffel eindeutig der intellektuelle Part der mobilen Hoppeltruppe. Er liebt Bücher jeglichen Themas und verschlingt sie förmlich, wo immer er ihrer habhaft werden kann. Insbesondere Bücher aus der Bücherei liebt er abgöttisch. Hardcover Bücher können unwahrscheinlich viel Spaß bieten. Auch teure Bildbände sind begehrt. Anscheinend verleiht das Mineralöl der Buchdruckfarben dem ganzen Imbiss ein pikantes

Aroma. Mittlerweile wird „*Superwife*" in der Bücherei argwöhnisch beäugt, wenn sie Medien zurückgibt. Aber bisher ist es ihr immer gelungen, dass man keinen wie auch immer gearteten Zusammenhang zwischen den Biss-Spuren und ihr herstellen konnte.
Inzwischen habe ich den Verdacht, dass Herr Trüffel vom Bildungsgut nicht unbeeinflusst geblieben ist. Er wirkt merklich intelligenter und durchtriebener. Als ich neulich bei der Säuberung von Hasenhausen im Holzhäuschen einen Schraubendreher und einen Saitenschneider entdeckt habe, setzte mein Misstrauen ein. Aber Herr Trüffel blieb anscheinend unbeeindruckt und leistete sich unschuldige Hasenblicke, wie sie niedlicher nicht hätten sein können. „*Superwife*" und „*Supergirl*" bestreiten hartnäckig, an der Werkzeuggabe beteiligt gewesen zu sein.
Als ich heute in mein Arbeitszimmer ging, kam mir etwas anders vor als sonst. Und richtig…der Werkzeugkoffer stand offen und die Stechbeitel fehlten. Auch eine kleine Feile war nicht mehr dort, wo ich sie vermutet hatte. Als ich an meinem Rechner saß, stellte ich fest, dass jemand die Heimwerkerseiten und die Baumärkte gegoogelt zu haben schien. Seltsam. Auch der kleine grau-weiß-getupfte Blitz, den ich aus dem Augenwinkel sah, wie er unter dem Regal auftauchte und ins Esszimmer verschwand, war mir suspekt. Aber sicher war alles nur Einbildung.
Inmitten tiefster Nacht wurde ich wach. Geräusche, die ich nicht genau zu- und einordnen konnte, hallten durch die Wohnung. Ich schnappte mir meine Taschenlampe und ging auf die Pirsch. Eine genaue Überprüfung ergab, dass Herr Trüffel gerade dabei war, mit der vermissten Feile fachhasisch die Gitterstäbe von Hasenhausen zu durchtrennen. Frau Choco

hingegen fertigte aus Hasenhaaren eine kleine Strickleiter an. Unglaublich. Als erste Amtshandlung requirierte ich die Werkzeuge. Hätten Blicke töten können, dann hätte Herr Trüffel mich gekillt.

Zur Versöhnung spendierte ich ein paar Hasenleckerlis wie Erbsenflocken und hoffte auf eine gewisse Versöhnlichkeit. Man ignorierte die Geste des guten Willens und biss mir kräftig in meine Finger.

Am Frühstückstisch bekam ich dann eine Standpauke von *„Superwife"*. Als Hasenbesitzer habe man gefälligst auf seine Werkzeuge aufzupassen. Es wisse doch letztendlich JEDER, wie durchtrieben Zwergkaninchen seien. Nur ich natürlich nicht.

Meine Stippvisite bei Hasenhausen ergab, dass sich die beiden Inhaftierten aus dem Staub gemacht hatten. Das Loch im Boden des Holzhäuschens sprach eine eindeutige Sprache. Hasenspuren aus gerupften Teppichfasern führten mich zum Bücherschrank. Die kleine Bohrmaschine und der Satz Stechbeitel, den ich dort vorfand, erklärten das Loch in den Holzdielen des Fußbodens. Anscheinend hatten sie ihr Unternehmen langfristig vorbereitet und fachgerecht umgesetzt.

Es klingelte Sturm. Nachbar Kowalski aus dem Stockwerk unter uns sah mich empört an, in jeder Hand ein Kaninchen an den Löffeln haltend.

„So geht das aber nicht, Herr Nachbar!" protestierte er. „Ich habe Ihre Mistviehcher eben aus meinem Kronleuchter geborgen! Für den Schaden kommen SIE auf! Unterbinden sie das für die Zukunft." Anscheinend hatten sich die beiden mit einer Teppichfaserleiter abgeseilt, aber die Höhe falsch berechnet. Mein neuer Fußboden besteht aus Stahl-Profilen und der neue Käfig aus Eisen. Und sollte ich jemals wieder Haustiere aufnehmen, dann nur aus Plüsch.

Politisch korrektes Weihnachten

Es ist schön, Weihnachten unter dem Zeichen der Nächstenliebe und Integration verleben zu dürfen. Der deutsche Weihnachtsbaumverkauf steht im Zeichen der Wandlung. Die traditionelle Fichte oder Tanne hat ausgedient. Diese Symbole haben im Zeichen der Political Correctness endgültig ihre Berechtigung verloren. Dafür kommen die Geschenke nun auf den orientalischen Weihnachtsgebetsteppich.
Kanzlerin Merkel ruft in ihrer Weihnachtsansprache alle deutschen Beschenkten auf, die Gaben an die Zuwanderer weiterzugeben. Wichtig für die Umsetzung des *„Merkel-Happy-Hanooka-Plans"* sei, dass sich unter den Geschenken weder Alkohol noch Weihnachtsschinken zu befinden hätten. Goldkettchen, Smartphones, Geld und Einfamilienhäuser seien hingegen völlig vertretbar. Der Bürger habe hierbei zu berücksichtigen, dass die Islamgläubigen darauf bestünden, aufgrund der Vorherrschaft ihrer Religion das Weihnachtsfest komplett neu zu gestalten.
„Shalom. Jeder, der ein Geschenk erhält, sollte sich einmal Gedanken darüber machen, ob er dies auch wirklich verdient hat!" Mit diesen Worten beginnt die bereits jetzt in Teilen veröffentlichte Weihnachtsansprache der deutschen Bundeskanzlerin. Nur CDU-Parteimitglieder und Unions-Wähler seien Dank der christlichen Traditionen ihrer Partei berechtigt, Geschenke empfangen und behalten zu dürfen. Statt der Bescherung sollten die Menschen, die falsch gewählt hätten, die Gaben auch aus den Vorjahren den potentiellen Neubürgern untertänigst verehren. „Weihnachten muss man sich verdienen!", so die Kanzlerin. Sie selbst werde reichlich Geschenke verteilen…Uboote

an Israel, Panzer an Saudi-Arabien und Wahlrecht an jeden. Die Gelder des Weihnachts-Soli-Zuschlages würden dafür verwendet werden, jeden deutschen Haushalt mit einem Koran, mehreren Gebetsteppichen *„Sultan"*, dem Buch *„Schächten leicht gemacht"*, ausreichend Burkhas für die Frauen, einem Langenscheidt-Sprachprogramm *„Arabisch für das deutsche Volk"* und dem Gratis-Fernsehkanal *„Mekka-TV"* auszurüsten. Die Weihnachtsmessen in den Kirchen werden durch völlig neue Weihnachtslieder wie *„Schnüflückchen, wüß Rückchen"*, *„Oh Palmenbaum"*, *„Inshallah...verjagt die Ungläubigen"* und *„Mürgün kümmt der Dönermann"* bereichert. Der neue Brauch der Weihnachtsbeschneidung für Abendländer soll ab 2017 verpflichtend eingeführt werden.

Nie wieder einsam zu Weihnachten: Facebook schenkt allen ein frohes *„Booknachten"*.
Die gute Nachricht zum Fest: Allen, die über Weihnachten einsam sind, spendiert das soziale Netzwerk hundert „Freunde". Bedürftige dürfen nach Bekanntgabe ihrer biometrischen Daten und Abgabe einer Ausweiskopie die neuen „Freunde" per Mausklick abholen. Diese werden dann umgehend dem eigenen Facebook-Profil gutgeschrieben. Wer selbst genug „Freunde" hat, wird gebeten, den Überhang bei „Faceboard" abzugeben. Facebook besteht darauf, dass die Spender keine dubiosen Kontakte, ehemalige Klassenkameraden und schräge Verwandte dritten Grades online einliefern, sondern ausschließlich nette und politisch korrekte Menschen spendieren.

Eine weitere Neuerung: Der Weihnachtsmann und das Christkind beauftragen Amazon mit der Geschenke-

Auslieferung. In diesem Jahr wird zu Weihnachten nicht das Christkind oder Santa, sondern Amazon die Geschenke bringen. Nach einer Datenerhebung, der Weihachtsvolkszählung, sind die politisch korrekten Haushalte bekannt. Geschenke an Querulanten, Uneinsichtige oder Nichtwähler liefert Amazon direkt in die Auffangeinrichtungen für Neubürger, denen über neue Computer sofort die Möglichkeit gegeben wird, die Präsente bei Amazon wieder zu vercashen. Eine entsprechende Vereinbarung haben jetzt die katholische Kirche, die Bischofskonferenz, die Bundesregierung und Amazon unterzeichnet.

Amazon macht darauf aufmerksam, dass Eltern ihre Kinder rechtzeitig auf den Umstand vorbereiten sollten, dass am Heiligen Abend weder der Weihnachtsmann noch das Christkind erscheinen werden. Aus Gründen der Kostenreduzierung haben die *„Santa Claus Toy Factories"* die Produktion von Weihnachtsgeschenken an China abgegeben.

Endlich und höchst überfällig: Vegane Krippenspiele. Mit Rücksicht auf die immer größer werdende Zahl vegan lebender Menschen führen immer mehr Kirchengemeinden das weihnachtliche Krippenspiel hundertprozentig ochs- und eselsfrei auf. Von der Bischofskonferenz eingestellte Prüfkommissionen sind kirchengemeindeweit alle Krippen, Krippenspiele und andere Darstellungen aus der Weihnachtsgeschichte überprüft worden, ob sie Ochsen, Esel oder Schafe enthalten. Auch der Osterhase und das Osterlamm haben zukünftig ausgedient. Neu gestaltet wird künftig auch die Darstellung der Geschichte Noahs. Die Arche wird dabei nach und nach mit Bakhlava, Rosinen und Engelshaar befüllt. Eine Verfassungsklage des Weihnachtsmannes wurde vom Bundesverfassungsgericht abgewiesen. Der traditionelle Schlitten wird künftig von einer Herde Kamele gezogen werden. Allerdings hatte auch die Gegenseite vom Islamverband mit der Forderung nach einem fliegenden Teppich für den alten Mann keinen Erfolg. Auch eine diesbezügliche Petition wurde vom Bundestag abgeschmettert.

„Dann flieg' ich eben gar nicht mehr!" soll der Weihnachtsmann darauf gebrüllt haben und befindet sich seitdem im Hungerstreik. Der Krankenkassenverband hat diese Entscheidung ausdrücklich begrüßt, da die Diabeteswerte des alten Herrn, bedingt durch die ganzjährige Fehlernährung mit Kakao, Punsch, Keksen und Teigkringeln, extrem angestiegen sein sollen. Die EU hingegen ermittelt jetzt gegen Santa wegen des Verstoßes gegen das neue EU-Toleranzgesetz. Ebenfalls Klage eingereicht hat ein gewisser Rudolph aus dem ehemaligen Schlittengespann des alten Herren. Er fühlt sich und sein Team durch den Einsatz von Schlittenkamelen unterdrückt. Dagegen klagen nun die Kamele. Die Frauenverbände klagen auf den Einsatz ausschließlich weiblicher Zugtiere, während die Eselzüchter auf Einsatz ausschließlich ihrer eigenen Tiere bestehen. Die schlechte Nachricht zum Fest: Mittlerweile herrscht im Land ein eklatanter Mangel an Jungfrauen. Islamverbände protestieren heftig. Derzeit wird erwogen, Jungfrauen von einem Flensburger Familienbetrieb zu erwerben. Diese, so die Aussage, würden weder meckern, essen oder zunehmen und würden auch außergewöhnlichen Wünschen jederzeit tolerant gegenüberstehen. Es besteht Hoffnung. Allah ist groß.

Diätenerhöhung

Ein Problem der sich permanent verschlechternden Gesundheitswerte der Bevölkerung wird endlich angegangen. Adipositas ist keine griechische Insel, sondern ein Kostenfaktor für die Krankenkassen und damit nicht zu tolerieren. Dicke Menschen sehen blöd aus, schwitzen und sind überhaupt…fett. Also ran an den Speck…denn der muss jetzt weg.
Abnehmen hat vor allem mit dem Verzicht auf Nahrung zu tun. Diese Erkenntnis steht hinter einer neuen Gesetzesinitiative des Bundesgesundheitsministeriums. Mit der Neuregelung sollen Hochglanz-Schlemmer-Magazine wie *„essen & trinken"* ab kommendem Jahr verpflichtet werden, auf mindestens 50 Prozent des Heftumfangs vollkommen leere Seiten zu zeigen. Die anderen Seiten bleiben dem Blattsalat vorbehalten.
„Öfter mal gar nichts essen und trinken ist die Alternative – dies müssen wir den Menschen konkret vor Augen führen", äußerte sich der Bundesgesundheitsminister bei der Vorstellung der Gesetzesvorlage im Bundestag. Das Wirtschaftsministerium will, inspiriert durch den Minister persönlich, zusätzlich das Magazin *„Die schwarze Null-Diät"* herausbringen, welches ausschließlich aus schwarzen Hochglanz-Seiten besteht. Fettleibige können sie als begleitende Unterstützung bei Diätvorhaben (Motivationstext des Ministeriums) kostenlos anfordern. Das geplante Gesetz schreibt zudem vor, dass in Frauenzeitschriften maximal drei Rezepte veröffentlich werden dürfen, deren Hauptbestandteil (mindestens 95 Prozent) Wasser sein muss.

Die Gefahren der Fettleibigkeit sind vielfältig und bedrohlicher, als es den meisten Moppelchen bewusst ist. Wissenschaftlich erwiesen bremsen dicke Menschen die Erdrotation, verursachen Erdbeben, Vulkanausbrüche und die Klimakatastrophe.

Untersuchungen von Greenpeace zufolge bringen immer mehr Dicke auf der nördlichen Hälfte des Planeten die Erdrotation zum Erlahmen. Ewiges Eis oberhalb des Ärmelkanals und ein 200 km breiter Packeisgürtel vor Norwegen ist die zu befürchtende Folge. Darauf weisen Experten des *„Claudia Roth-Instituts für Realitätsverwässerung"* in Berlin hin.
„Je dicker, je langsamer, je frostiger", bringt auch der Weltverband der *„Fatfighter for Nature"* die Gefahr auf den Punkt. Bisher war es nur eine Vermutung. Den konkreten Einfluss von ungleich verteiltem massenhaftem Übergewicht auf die Erdbewegung konnten die Wissenschaftler nun im Rotationstest mit mehreren Gruppen von stark Übergewichtigen experimentell nachweisen. Nach der Prognose der Forscher muss bei einer anhaltenden Zunahme der Fettleibigkeit in den Industrieländern in etwa hundert Jahren mit den ersten erfrierenden Dicken in Europa gerechnet werden. „Jedes Stück Kuchen ist zu verfluchen", postulieren derzeit Expertinnen des Teams *„Claudia Schiffer rettet die Welt"*.

Es besteht Hoffnung. Alte Konzepte in neuer Verpackung erobern die Welt.
Wissenschaftler erzielten den Durchbruch bei der Entwicklung der „Schlankheitspille für den Mann". Im Rahmen einer Pilotstudie hat sich ein Präparat als höchst wirksam erwiesen. Die völlig neuartige Pille

hat eine Größe von zwei mal zwei Meter, wiegt rund 270 Kilo und wird unmittelbar nach dem Abendessen vom Mann genommen und vor den Kühlschrank gerollt. An nächtliche Exkursionen zum Kühlschrank ist dann nicht mehr zu denken. „Ich habe meinen Fernsehsessel in die Küche gestellt und die ganze Nacht lang den verfluchten Eisschrank hypnotisiert. Das Ding wirkt zu hundert Prozent!" so äußerte sich Heribert Schmalz, der an dem Pilotprojekt teilgenommen hatte, begeistert.

„Wichtig ist bei Medikamenten für Männer, dass sie einen einfachen Wirkungszusammenhang haben, der für sie sofort verständlich ist. Nur dann wird das Präparat auch zuverlässig genommen", erklärte Prof. Dr. Dr. Hans-Heinrich Mägerlein von der Uni Hamburg. Er hatte zusammen mit einem örtlichen Baufachbetrieb das neue Übergewichtsvernichtungskonzept „ÜVK" entwickelt. Noch werde daran gearbeitet, die Nebenwirkung der Pille zu mindern. Männer, die sie regelmäßig nehmen, klagen oft über Zerrungen, Rückenschmerzen und Schulterverspannungen. Je nach Verträglichkeit soll der Mann aus zwei Varianten der Pille wählen können. Auf den Markt soll sie in den Versionen „*Menhir*" und „*Kubus*" kommen. Bei besonders hartnäckigen Fällen von Kühlschranksucht gibt es die 450-Kilopille als Quader. Eine wird direkt vor dem Eisschrank und eine vor der Wohnungstür platziert. Allerdings wird damit eine langfristige Nulldiät bewirkt, die bei einer Nichtzurkenntnisnahme durch die Nachbarschaft zum Tode führen kann. Aber das sollte uns die Rettung der nordeuropäischen Klimazonen wert sein. Warum kommen Dicke eigentlich nicht in den Himmel? Sie passen nicht durch das Ozonloch. Also Männer: An die Pille, fertig los.

Umweltaktivisten

Es ist als löblich zu betrachten, dass sich mehr und mehr Menschen ethisch einwandfrei für die Natur engagieren. Es hat mir schon immer imponiert, beim samstäglichen Schlendern durch die Innenstadt die informativen Stände aufzusuchen und mich inspirieren zu lassen. Doch was soll man heutzutage unternehmen, um die Welt zu verbessern? Es gibt so viele Angebote und nur so wenig Lebenszeit, die in sinnvolle Projekte investiert werden kann.
Beim letzten Einkaufsmarsch durch die Stadtmitte schlug mein Herz höher. Ein unscheinbarer Stand in Grüntönen mit stilistisch einwandfreien Deko-Bäumen aus bemalter Pappe berührte mich und brachte meine alte Umweltschützerseele zum Schwingen.
„Kommen sie mal her, junger Mann!"
Das galt anscheinend mir. Gut...das bärtige, dürre Pickelgesicht war höchstens halb so alt wie ich. Aber...wir sind sowohl tolerant als auch freundlich und aufgeschlossen. Also nichts wie hin.
„Worum geht's denn?" erkundigte ich mich wohlwollend?
„Wir retten unseren Bruder, den Baum!" erscholl es. „Freiheit für die Bäume!" Man blickte mich aufmunternd an.
„Wir als Aktivisten der „Baum-Befreiungsfront (BBF)" haben in verschiedenen Städten Parks und Alleen gestürmt und inzwischen mehrere hundert Bäume befreit", berichtete Klaus-Dieter (Klaudi für seine Freunde und ich dürfe „DU" zu ihm sagen), Leader des BBF-Kommandos Niedersachsen. „Auf kleinstem Raum zusammengepfercht und vergiftet durch die Abgase...das ist doch kein Leben für einen

Baum, oder?" Ich erfuhr, dass Bäume im Kindes- und Jugendalter, manchmal sogar schon als Setzlinge gegen ihren Willen willkürlich irgendwo eingepflanzt werden. "Sie werden von klein an in so genannten Baumschulen gehalten. Im Grunde sind das „Baum-KZ's", so klagte Klaudi. „Massenbaumhaltung fernab von der freien Natur. Kein Reh, das zwischen ihren Ästen durchschlüpfte, kein Wildschwein, dass sich die Schwarte an ihnen geschubbert hat…einfach schrecklich!"
Einzelne Bäume würde das Baumschutzkommando nun wieder in die heimischen Wälder einbringen. „Wir hoffen, dass sie es schaffen", schniefte Klaudi und vergoss eine Träne der Ergriffenheit und Rührung. „Es ist nicht leicht, so als Baum plötzlich in der Wildnis zu sein. Und beängstigend."
Meine Frage auf weitere Aktionen und Ziele wurde dankbar aufgenommen.
„Derzeit diskutieren wir über einen neuen Programmpunkt: „Rettet den Wald…esst Spechte". Aber wir haben eine oppositionelle Gruppe in unseren sonst doch so geschlossenen Reihen. Deren Vorschlag ist: „Rettet den Wald…esst Bieber".
Mein dezenter Hinweis, dass Bieber in unseren Wälder sicherlich nur eine Ausnahme darstellen würden, wurde dankbar aufgenommen.
„Ich wusste gleich, dass wir Seelenverwandte sind", stammelte er ergriffen und schüttelte meine Hand heftig und immer wieder. Meine Frage, ob es weitere Betätigungsfelder gäbe, wurde prompt beantwortet. Es gab weitere Gruppen, die sich als großes Netzwerk für die Natur einsetzten. So hatten kürzlich militante Tierschützer im Norden Finnlands ein knappes Dutzend Rentiere befreit. Die Tiere hätten das ganze Jahr hin-

ter einem abgelegenen Haus im nördlichsten Teil Finnlands gestanden und seien völlig artwidrig gehalten worden. Ein fieser Tierquäler hatte die armen Kreaturen nicht nur mit blinkenden Lichterketten behängt, sondern wollte sie offenbar auch dazu abrichten, einen riesigen Schlitten durch die Luft zu ziehen, teilte mir Klaudi mit.
„Ist das nicht schlimm, wie irrsinnig es auf dieser Welt zugeht?" empörte er sich, wobei ihm die Entrüstung nur allzu deutlich anzusehen war.
„Man stelle sich das mal vor", entsetzte er sich weiter. „Dem Mann fehlte jede Befähigung zur Tierhaltung. Ein verwirrter Messie oder so. Total irrsinnig. Der trug am hellichten Tag eine Art knallroten Samt-Bademantel mit weißem Fellkragen. Echt pervers. Sein Haus war bis unter das Dach vollgestopft mit Spielzeug. Alles voller Versandhauskartons und Unterhaltungselektronik." Klaudi schnappte nach Luft. „In einem Zimmer hatten sich Abertausende von bekritzelten Zetteln gestapelt. Zudem hat sich der durchgeknallte Opa eingebildet, dass er eine Familie hätte. Als man ihn während der Befreiung der Rentiere fesselte, stammelte er ständig etwas von Kindern, wieder und wieder. Anscheinend auch noch pädophil. Krass, ey." Klaudi gönnte sich einen Stoßseufzer und zeigte sich erleichtert, „Nur gut, dass dieser irre Typ künftig weder Rentiere noch Kinder quälen kann."
Ich stimmte zu und spendete reichlich in die mir entgegengehaltene Sammeldose. Die Welt ist wirklich aus den Fugen geraten. Gut, dass es Aktivisten wie Klaudi gibt. Nächste Woche stehe ich auch am Stand und sammle mit. Bäume sind meine Freunde. Und natürlich der Klaudi.

Unternehmen Zukunft

Jeder umweltbewusste Reisende weiß den Komfort der deutschen Bundesbahn zu schätzen. Es beginnt bei dem einfachen und nachvollziehbaren Tarifwerk, den vielfältigen Angeboten in den Bahnhöfen, dem freundlichen Personal, den hervorragenden Zuständen in den Hygieneeinrichtungen von Bahnhöfen und Zügen und natürlich der Pünktlichkeit und Zuverlässigkeit im Bereich der Güter- und Personenbeförderung.
Ich fahre gern mit der Bahn. Man lernt interessante Menschen kennen und kann stressfrei die Reise und Aussicht auf die Umgebung genießen. Das Unternehmen Zukunft verbessert permanent den Service. Verspätet sich ein Zug, informiert die Deutsche Bahn den Fahrgast auf Wunsch vor Reiseantritt per E-Mail. Die Information, dass sich zwischen Berlin und Magdeburg der Verkehr staubedingt um 5 Stunden verspäten würde, erfuhr ich, Mail sei Dank, nachdem ich endlich in Magdeburg eingetroffen war. Das Intercitypersonal hatte sich zu dem Zeitpunkt, als die Getränke des Bistros ausverkauft worden waren, im Zugführerabteil verbarrikadiert und verweigerte den Kontakt zur lynchfreudigen Kundschaft. In Magdeburg flüchtete man durchs Abteilfenster, eine weiße Fahne schwenkend, in Richtung Dom. Wir haben sie nie wieder gesehen. Bahnkunden können sehr uneinsichtig sein. Ein Aufruhr, nur weil bedingt durch den Ausfall der Klimaanlagen und der Lüftung eine Innentemperatur von deutlich über 40 Grad herrschte? Wie kindisch. Der anschließende Protest bei der Bahn in Frankfurt zeigte Wirkung. Die Bahn hat daraufhin angekündigt, eine Website einzurichten, auf der man sich informie-

ren könne, wie groß die Verspätung sei oder ob die E-Mail ganz ausfiele. Sollte die Website wegen Überlastung ausfallen, erhielten die Kunden eine SMS, die über den verzögerten Zugang zu dem Webangebot informiere. Käme es zu einer Verzögerung dieser SMS, so riefe ein Bahnmitarbeiter persönlich an. Der Fahrgastverband „*pro Bahn*" mutmaßt allerdings, dass das Informationssystem zusammenbrechen wird, sobald jemals irgendein Zug pünktlich eintreffen sollte. Die Bahn ist innovativ und weiß Ressourcen wohl zu nutzen. Da immer mehr Bahnhöfe ungenutzt sind, wurde vorübergehend erwogen, diesen reichlich vorhandenen Immobilienbesitz als Friedhöfe zu nutzen. Kein Verkehrslärm, Menschenleere – an Bahnhöfen fänden Menschen immer öfter die Ruhe und Besinnung, die sie im Alltag vermissen. Mit dem Angebot „*Grave-Digger*" will sich die Bahn AG dies jetzt zu Nutze machen und an ausgewählten Bahnhöfen letzte Ruhestätten einrichten. „Entweder ist Streik, der Zug fällt aus oder er kommt mit riesiger Verspätung", erklärt Hotte Stellwerk, Vorsteher des Kleinbahnhofs Hämerlerwald. Die Gleise 3 und 4 sind bereits als letzte Ruhestätte eingeplant. Charmant ist das Zusatzangebot „*Grave-Digger-Condulenzia*". Mit diesem in dezentem schwarz gehaltenen Personenzug mit inkludiertem Leichenschmausabteil können Angehörige in aller Stille ihrer Verstorbenen gedenken, während sie an ihnen vorbeifahren. Es gäbe bereits zahlreiche Interessenten für das Angebot, so ein Sprecher der Bahn, die das Projekt „*Last Trip to nowhere*" (Letzter Ruheplatz, Blumendekor einschließlich „*Grave-Digger-Condulenzia*" nebst Buffet und Trauerredner) aktiv bewirbt. Wohlunterrichteten Kreisen zufolge war bereits der umstrittene Großbahnhof BER als Kunde für eine Bestattung in Hämelerwald vorgesehen. Expertenberechnungen ergaben allerdings einen Mangel an Platz für den größten Sterbefall sei Bestehen der Bahn. Derzeit wird erwogen, auf dem BER-Gelände eine Luxusunterkunft für eine Million Neubürger aus arabischen Ländern zu erstellen. Das *„Projekt Neu-Kairo"* wurde in die versierten Hände der Herren Mehdorn und Wowereit gegeben, die schon in der Vergangenheit erfolgreich ihre Qualitäten und Fähigkeiten unter Beweis gestellt haben. Informationen der BILD-Zeitung zufolge steht die Berliner Bevölkerung geschlossen hinter dem Projekt und erwägt, das altmodische und ohrenunfreundliche „Berlinern" auf Arabisch umzustellen. Der Bezirk Tempelhof wird dann zu einer Anlage, die dem Tempelberg nachempfunden wird, umgebaut. Eine Gebetsstätte als Ort der Begegnung für eine Million Neubürger ist ein wahres Zeichen von Toleranz und Nächstenliebe, die ein Zeichen für das gesamte Europa sein wird.

Natürlich ist der Bau einer solchen Anlage teuer. Entsprechend wird es die bundesweite Moschee-Abgabe geben, die an den derzeit bestehenden Soli geknüpft wird. Um die Baukosten zu reduzieren, hat die Kanzlerin einen charmanten und sachkundigen Vorschlag unterbreitet, der sofort offene Ohren fand.

Die rund 700.000 Hartz-IV-Empfänger in Berlin werden zu einem „freiwilligen Arbeitsdienst" auf der neuen Flughafen-Baustelle verpflichtet. Zur Unterstützung der Herren Wowereit und Mehdorn übernehmen die Hartz-IV-Empfänger neben der Herstellung der Anlage auch die Konzeption und Administration. Berlin rechnet mit enormen Kosteneinsparungen, da auf eine technisch aufwändige Brandschutzanlage verzichtet werden kann. 100.000 Langzeitarbeitslose sollen künftig, als Feuerwachen auf dem gesamten Flughafengelände verteilt, den Brandschutz sicherstellen. Zu Menschenketten aneinander gereiht übernehmen die Arbeitslosen den Gepäcktransport von und zu den Flugzeugen und ersetzen so die Transportbänder. Auch die traditionellen Eimerketten bei der Brandbekämpfung tragen zur Entspannung bei und erhöhen das Tempo der Fertigstellung. Die Transferempfänger reagieren größtenteils positiv auf den Beschluss und freuen sich auf den Zusatzverdienst. Abgelehnt hingegen wird der Vorschlag von den muslimischen Hartz-Empfängern, die darauf hingewiesen haben, dass diese Arbeit unzumutbar sei. Die Gebetszeiten würden dadurch nicht eingehalten werden können. Und das könne kaum im Sinne Allahs sein. Der Senat konnte dem nur beipflichten und eine generelle Freistellung für Muslime einräumen.

Auch, wenn sich bei der Bahn wieder verhaltener Optimismus einstellt, so wird er international nicht wirklich geteilt. Die *„International Mathematical Society"* (IMS) hat sich darauf geeinigt, als Zeichen für „unendlich" statt der liegenden Acht künftig „BER" zu verwenden. Die liegende Acht sei beim aktuellen Bildungsniveau in Deutschland zu vielen Menschen nicht mehr geläufig. Dass mit „BER" ein unendlicher Vorgang bezeichnet werde, leuchte dagegen auch jedem Hauptschüler sofort ein. Derzeit prüft die IMS den Vorschlag, in der Finanzmathematik für negative Ergebnisse, die zehnfach höher als erwartet ausfallen, eine eigene Einheit einzuführen. Diese Einheit soll die Bezeichnung *„Wowereit"* bekommen. Der ehemalige Bürgermeister der Stadt signalisierte sein Einverständnis und soll für die Namensrechte mit einem 8-stelligen Betrag entschädigt werden.

Perspektiven im Wandel der Zeiten

Heutzutage ist alles anders. Voller Wehmut erinnere ich mich an die gute, alte Ledermantelzeit. Ab 20.00 Uhr war es an der Zeit für die charmante kleine Biker- und Hardrock-Disco oder einen Abstecher in die Dart-Kneipe mit Pils in Strömen und Kaffee, der so stark war, dass sich der Löffel darin auflöste. In den Morgenstunden danach ging es direkt zum Bäcker, dann zum Wurst- und Käseladen und nach einem entspannenden Frühstück ab in die Federn. Am Wochenende ging man gepflegt frühstücken. Das Vergnügen war billig, Wohnraum noch bezahlbar, die Arbeitszeit angenehm, das Einkommen zumindest ausreichend und die Lebensqualität…nun ja…irgendwie anders. Und nun? In Erinnerung an die schönen Stunden des Lebens kommt ein Gefühl von Trauer auf. Wohin in aller Welt sind die schönen Stunden von damals verschwunden? Die Zeiten, in denen ein einzelner Arbeitnehmer noch in der Lage war, sowohl seine Familie zu ernähren, einen Urlaub aus dem Ärmel zu schütteln, auch noch für die Rente vorzusorgen und sich zugleich den einen oder anderen Kneipenabend leisten konnte? Eine Anfrage beim Bundesarbeitsminister brachte mir zum einen seine Missachtung als auch zum anderen eine Antwort ein.

„Sehr geehrter Herr Boss.

Die Zeiten haben sich gewandelt. Es geht auch anders. Es mangelt Ihnen offensichtlich an der richtigen Perspektive und dem angemessenen Blickwinkel. Der wirtschaftliche Karren unseres Landes ist buchstäblich in den Dreck gefahren und Sie beklagen sich we-

gen solchen Kleinigkeiten und persönlichen Befindlichkeiten? Ihnen fehlt der Blick für die wesentlichen Dinge. Schlaf ist, rein wirtschaftlich betrachtet, einfach nur schädlich. Wie sinnlos das stundenlange Herumliegen im Bett ist, führt Dr. Gerald Pillowfighter vom Londoner Institut für Schlafforschung und Ökonomie, der die Studie leitete, näher aus:
"Wer schläft, sündigt. Er arbeitet nicht und konsumiert nicht – er schließt sich selbst völlig aus dem ökonomischen Kreislauf aus. Ein Leistungsverweigerer eben."
Auf Dauer schadet das der Wirtschaft des ganzen Landes. Die potenzielle Wirtschaftsleistung, die hier verlorengeht, beläuft sich auf mehrere hundert Milliarden Euro im Jahr. Würden Arbeitnehmer auf ihren Nachtschlaf verzichten, hätten sie deutlich mehr Zeit zur Verfügung. Diese ließe sich beispielsweise dafür nutzen, bis zu sieben Stunden täglich zusätzlich zu arbeiten. Allgemein rät das Arbeitsministerium den Arbeitnehmern, generell keine wertvolle Arbeitszeit im Bett zu verschwenden wollen und sich das Schlafen langfristig ganz abzugewöhnen. Natürlich sind wir in der Politik verantwortungsbewusst. Von kaltem Entzug raten wir ab, da solche Maßnahmen häufig zu Rückfällen und regelrechten Schlafattacken führen. Eine schrittweise Entwöhnung über einen Zeitraum von mehreren Wochen halten wir daher für die nachhaltigste Maßnahme. Das Ministerium analysiert gerade die fatalen Auswirkungen des frühen Renten- oder Pensionsantritts auf die Arbeitsleistung älterer Menschen. Die EU setzt sich für den 24-Stunden-Arbeitsalltag mit einem anschließenden, sozialverträglichen Frühableben ein. Das Mindestarbeitsalter wird künftig nicht unter 85 Jahren liegen. Und das zu

Recht. Dafür werden wir auch als kleinen Anreiz die Renten für die Bürger ab einem Alter von 101 Jahren verdoppeln. Da lassen wir uns nicht lumpen. Also fragen Sie nicht länger, was Ihr Land für Sie tun kann…fragen Sie sich, was Sie für Ihr Land tun können. Arbeit adelt und macht Freude, um nicht zu sagen frei. Also hören Sie auf zu winseln und legen Sie sich ins Zeug. Wir haben noch einige Banken zu retten und ein paar Millionen Neubürger wollen ja auch ernährt werden. Seien sie loyal und nicht so ein egoistischer Nazi.

Hochachtungsvoll

Dietmar Raffke
Arbeitsminister.

Ich war beeindruckt und begann, meine Ansicht zu überdenken. Vielleicht hatte ich ja wirklich einfach nur die falsche Perspektive gehabt. Eine kritische Betrachtung der aktuellen Steuerschätzung zeigte mir, dass der Mann Recht hatte. Die Steuerschätzung für 2016 beträgt laut meinem Freund Wolle etwa 580 Milliarden Euronen. Bei einem Staatshaushalt von knapp 317 Milliarden bleibt kaum ein Überschuss, von dem es sich zu reden lohnt. Insbesondere, weil niemand weiß, wo der ganze überschüssige Segen hingeht. Einfach verschwunden. Aliens? Nazis? Da auch die Außenhandelsüberschüsse seit 1971 spurlos verschwunden sind und die etwa 3.500 Tonnen Gold sich in Luft aufgelöst haben, muss dringend etwas geschehen. Also…Ärmel hochkrempeln, Besserung geloben, Zweitjob annehmen…und dann nicht Denken, sondern Handeln und das Land gerettet. Hurra.

Mein Reich ist Dein Reich.

Früh morgens und 10.00 Uhr, gerade nach dem Aufstehen, klingelte es Sturm an der Tür. Ich hasse diese Störungen zu unchristlichen Zeiten. Da gibt es nur Ungemach wie aufdringliche Bofrost-Verkäufer, Zeugen Jehovas oder Einschreiben, die niemand wirklich bekommen möchte. Meine jüngst erworbenen Haustiere, Hades und Brutus, beide Rottweiler aus Überzeugung, knurrten, um ihr Herrchen zu verteidigen. Und zu Recht…als ich die Tür öffnete, erblickte ich das prompt erbleichende Gesicht des von mir nicht gewählten neuen Bürgermeisters in Begleitung einiger treuer Gefolgsleute.
Ich kann jedem Bürger des Landes nur zu Rottweilern raten. Oder auch zu noch größeren besten Freunden des Menschen. Die Aussage, die dahinter steht, hat einen durchdringenden Blick, lange Zähne, kann bellen und ist unmissverständlich.
„Sagen Sie, Herr…ähhhh…Boss….", stotterte er, nachdem er abwechselnde Blicke auf das Klingelschild und auf Hades und Brutus geworfen hatte. „Ähhh…ich mache eine Umfrage…natürlich völlig unverbindlich…ähh…!"
„Gehen Sie weg", forderte ich ihn auf. „Ich habe Sie nicht gewählt und werde es auch nicht tun!"
„Ähh…nein…aaaber…haben Sie eigentlich Vorurteile gegenüber Migranten?" quetschte er aus seinen Zähnen hervor.
„Nein. Nicht, wenn sie nett sind", erwiderte ich. „Und nun verschwinden Sie endlich…ich wünsche in Ruhe meinen Kaffee einzunehmen. Und Sie halten mich gerade davon ab."

„Gut gut…Sie erhalten dann Post von uns", sprach er mit zitternder Stimme und verschwand.
Post? Was sollten mir diese Worte sagen? Wieso Post? Und wenn, dann gefälligst nicht vor 10.00 Uhr. Mein Kaffee ist mir heilig.
Drei Wochen später erhielt ich dann die angedrohte Post. Ich war erst verwundert, weil mir der Brief von einem breit grinsenden Herrn im buntbedruckten Anzug und offensichtlich afrikanischer Abstammung nach wildem Sturmgeklingel und Türengeklopfe in die Hand gedrückt wurde. Sein Versuch, sich an mir vorbei zu drängen, misslang. Hades und Brutus machten von ihrem Hausrecht Gebrauch und präsentierten stolz und bedrohlich knurrend ihre Waffen. Der Brief, den ich hastig aufriss, brachte Licht in die afrikanische Finsternis. Herr N'Bongo N'uele, syrischer Flüchtling, habe von der Stadt Quartier in meiner Wohnung zugewiesen bekommen. Es gäbe keine Widerspruchsmöglichkeiten oder akzeptable Ablehnungsgründe meinerseits. Ansonsten sei eine Beugehaft gegen mich durchzusetzen.
Herr N'Bongo N'uele grinste fröhlich und warf gierig wirkende Blicke auf meine Haustiere. Mein Spontananruf im Büro des Bürgermeisters ließ mich nur bis zu seinem Sekretär vordringen, der mir sagte, dass ich ein Nazi wäre, wenn ich Herrn N'uele vor die Tür setzen würde und man mich spontan inhaftieren müsste, täte ich mich nicht der Anordnung beugen. Außerdem sei es ja nur vorübergehend, bis Herrn N'uele eine 3-Zimmer-Neubauwohnung gestellt werden würde. Im Namen der Humanität müsse man also mal zusammenrücken. Ach ja…ich solle gefälligst die Nahrungs- und Religionsangewohnheiten meines Gastes respektieren und auf meine Hunde achten. Schließ-

lich wären die ja eine Bedrohung für die Allgemeinheit und meinen neuen Gast insbesondere. Herr N'uele hatte inzwischen in meinem Fernsehsessel Platz genommen, während ich meine besten Freunde an ihren Halsbändern festhielt und daran hinderte, den Eindringling ordnungsgemäß zu bedienen.
Als ich die beiden in der Küche eingesperrt hatte und zurück ins Wohnzimmer kehrte, hatte mein Gast gerade einen kleinen Gebetsteppich ausgerollt, machte allerlei Verrenkungen und gab dabei interessante, laute Gesänge zum Besten. Danach rollte er den Teppich und anschließend sich auf meinem Sofa zusammen und bedeutete mir, dass ich den Raum nun zu verlassen hätte, weil seine Religion nun ein Schläfchen von ihm fordern würde.
Es klingelte Sturm. Ich öffnete, noch völlig entsetzt von der vormittäglichen Überraschung die Tür, während Hades und Brutus in der Küche einen wütenden Höllenlärm anstimmten. Vor mir stand eine Familie, bestehend aus geschätzten 7 Personen unterschiedlichen Alters und einer Ziege. Sie drückten mir einen Briefumschlag in die zittrige Hand. Demnach waren sie die Familie Al Khali aus Syrien, ebenfalls Flüchtlinge und mit Anspruch auf einen Platz in meiner Wohnung. Ungeachtet des Hundelärms drängten sie sich herein und beschlagnahmten mein Schlafzimmer, wo die Ziege gleich damit begann, meine Gardinen zu fressen und kleine Ziegengeschenke auf dem Boden zu platzieren. Nun ja…im Namen der Humanität muss man eben mal vorübergehend zusammenrücken.
Als es eine Stunde später wieder Sturm klingelte, war ich vorgewarnt und ging nicht zur Tür. N'Bongo hingegen schon. Im Türrahmen stand ein offensichtlich blonder, bärtiger Mann in Lederhosen, der einen

Brief dabei hatte, welcher ihn als Sepp Abdullah Wanninger, Flüchtling aus Syrien auswies. So langsam kamen mir Zweifel. Aber wahrscheinlich täuschte ich mich nur. Im Laufe des Tages durfte ich feststellen, dass die Nutzung der Toilette erklärungsbedürftig war. Ich verwahrte mich dagegen, als Familie Al Khali die Ziege in der Badewanne schächten wollte und hielt N'Bongo davon ab, Frau Al Khali auf „sein" Sofa zu ziehen. Sepp, mein neuer syrischer Mitbewohner, hatte inzwischen einen Weg zu meinem Herzen gefunden, streichelte ausdauernd Hades und Brutus in der Küche und spielte mit ihnen Fangen. Es klingelte an der Tür. Herr Al Khali öffnete und ließ Herrn Slavic, Syrer aus Moldavien ein. Dann folgten noch Herr Skunca, Syrer aus dem Kosovo und einige andere mir ebenfalls völlig unbekannte Menschen, die fröhlich mit Briefumschlägen wedelten. Sowohl mein Nervenkostüm als auch die größte 5-Zimmer-Wohnung waren irgendwann erschöpft und aus taktischen Gründen wechselten Hades, Brutus und ich in den Keller. Den Kühlschrank ließ ich zurück, das Kleingeld konnte ich gerade noch rechtzeitig retten. So ein Keller ist vielleicht feucht und muffig…aber relativ unantastbar. Syrer mögen keine Keller. Vor allem nicht die Syrer aus Zentral-Syrien. Es klopfte an der Kellertür. Es war Sepp, der mich bat, dringend in der Wohnung nach dem Rechten zu sehen. Ich war erstaunt, dass dieser Syrer ein so klares Deutsch, wenn auch mit bayerischem Akzent sprach. Sehr gelehrig, diese Menschen. N'Bongo hatte die Ziege geschlachtet und ein lustiges Grillfeuer auf dem Balkon entfacht. Allerdings ließ er es nicht zu, dass Sepp mitgrillte, weil dessen Schweinshaxe unrein und vom Propheten verboten war. Auch Sauerkraut schätzte er nicht als Beilage. Familie Al Khali protestierte anscheinend lautstark wegen des Ziegendiebstahls, was aber nur eine Vermutung war, weil sie von niemandem verstanden wurden. Die Herren Slavic und Skunca hatten ein paar Flaschen Rotwein in meiner Küche entdeckt und geleert, was wiederum N'Bongo auf den Plan rief, der sich gegen Alkohol verwahrte. Ich schnappte mir mein Telefon und brüllte den Bürgermeister zusammen, der mit zusicherte, einen Dolmetscher und einige Polizisten vorbei zu schicken. Der Dolmetscher erschien als erster. Er war Syrer aus Damaskus und musste feststellen, dass leider keiner meiner Gäste auch nur ein einziges Wort Syrisch sprach. Herr N'Bongo N'uele stammte aus dem Kongo, Familie Al Khali aus Marokko, Slavic und Skunca vom Balkan und Sepp…nun ja…aus Landshut. Allerdings hatten alle syrische Pässe und waren damit so unantastbar wie mein Keller. Schließlich benötigten Flüchtlinge unseren Schutz und Solidarität und in den Zeiten der Not muss man zusammenrücken. Inzwischen waren die Polizisten angekommen und nahmen meinen Protest bezüglich Asylmissbrauchs förmlich entgegen und mich fest. Ich sei ein Querulant und Unruhestifter, intolerant und ein Nazi und Volksverhetzer, wie er im Buche stehe.

Hier im Knast ist es eigentlich gar nicht so übel. Gestern hatte ich sogar Besuch. Sepp brachte mir ein Bier und hatte sogar Hades und Brutus dabei. Seit er sie mit Würstchen, Haxen und Kraut füttert, lieben sie ihn abgöttisch. Aber nun muss ich aufhören…mein Toleranzkursus in der Anstaltsbibliothek beginnt gleich. Der Dozent ist Syrer…angeblich aus Oslo. Wo liegt das? Bei Damaskus? Egal. Die sind nett, die Syrer.

Daily Terror

Dank der neuen Einrichtungen für unsere Gäste aus weit entfernten Ländern dieser Welt und anderen Kulturkreisen hat unser Magistrat eine Broschüre herausgebracht, die es deutschen Bürgern ermöglicht, ein friedliches Miteinander zu realisieren. Leider steht ein gewisser Verdacht im Raum, dass es bei unseren Besuchern teilweise um IS-Terroristen handeln könne. Hier hilft der neue Leitfaden und liefert gute Anregungen für den alltäglichen Gebrauch.

Der 10-Punkte-Leitfaden für die innere Sicherheit

Liebe Mitbürger. Um Missverständnissen vorzubeugen, bitten wir Sie, sich an folgende Verhaltensmaßregeln zu halten. Das sorgt für Harmonie zwischen den Kulturen und fördert die innere Sicherheit. Wir halten die Wahrscheinlichkeit, dass Terroristen eingereist sind für gegeben und raten zu folgenden Präventivmaßnahmen:

1. Verlautbaren Sie häufig ein "Allahu akbar".
Terroristen bringen niemals einen anderen Terroristen um. Das wären zu viele „Reibungsverluste". Wenn Sie sich an einem Ort aufhalten, an dem sich viele Menschen befinden (z.B. Fußballspiel, Shopping-Center oder Rockkonzert), sollten Sie zu Ihrer eigenen Sicherheit regelmäßig laut "Allahu akbar" rufen. Achten Sie auf Menschen im Burnus oder mit Burkha und bieten Sie ihnen weder Würstchen noch Bier an. Safety first. Schließlich wollen wir ja nicht unbedacht „Dinge" auslösen, oder?

2. Bilden Sie menschliche Schutzschilde.
Achten Sie darauf, dass Sie sich stets in der Mitte einer Menschenmenge befinden. Sollte es tatsächlich zu einem Terroranschlag kommen, ist es immer günstig, wenn mehrere Menschen zwischen Ihnen und den Terroristen stehen. Bitte achten Sie darauf, dass es sich bei den Sie umgebenden Menschen NICHT um Terroristen handelt. Im Falle eines konkreten Verdachts verlassen sie die Menschenmenge und entfernen sich zügig in Richtung Ausgang.

3. Weihwasser.
Jeder weiß: Terroristen haben Angst vor Weihwasser. Trinken Sie möglichst viel davon und tragen Sie stets eine Sprühflasche davon bei sich. Achten Sie auch darauf, dass Sie vor Anbruch der Dunkelheit wieder zu Hause sind. Terroristen scheuen das Sonnenlicht, Kruzifixe, Heiligkeit und Kirchen wie der Teufel.

4. Präventiv-Straftaten.
Überfallen Sie eine Bank oder begehen Sie eine andere schwerwiegende Straftat. Sobald Sie erwischt wurden, kommen Sie in den Knast und können sich in Ihrer sicheren Zelle entspannt auf Staatskosten zurücklehnen, während der Rest der Welt aus Angst vor Anschlägen schlottert. Sie können sich völlig sicher sein, dort keine Terroristen anzutreffen. Die Polizei hat eindeutige Anweisungen, diese aus Gründen der Aufrechterhaltung von Ruhe und Ordnung zu ignorieren.

5. Den Fernseher auf ARD, ZDF und RTL einstellen.
Das hilft zwar nicht gegen Terrorismus, aber dafür ist endlich Schluss mit kritischen Gedanken. Unglaub-

lich, wie die richtigen Programme und die richtige Einstellung beruhigen können.

6. Auswandern in arabische Länder
Zugegeben: Ein Leben in islamischen Ländern ist kein Zuckerschlecken. Doch als gehorsamer Untertan des jeweiligen Regimes sind Sie vor Terrorangriffen bestens geschützt. Frauen müssen nach ihrer Konvertierung lediglich einen Ganzkörperschleier tragen, während Männer eine kulturell bereichernde, hygienisch vorteilhafte und sexuell bereichernde Beschneidung erwartet. Alles geschieht unter abwechslungsreichen Bombardements durch die friedensschützenden Truppen Uncle Sams und fröhlichen Gesängen vom nächsten Minarett.

7. Endlich...der erste eigene Sprengstoffgürtel.
Legen Sie sich einen Sprengstoffgürtel zu. Sollte sich in Ihrer Nähe tatsächlich ein Terrorist in die Luft sprengen, explodiert auch Ihr Gürtel und der Terrorist erlebt sein blaues Wunder. Für Modefreunde sind nun auch Sprengstoffkrawatten und Explosions-Unterwäsche im Fachhandel erhältlich.

8. Eine Affäre mit IS-Aktivisten initiieren.
Selbst ein noch so ambitionierter Terrorist würde wohl nie die Liebe seines Lebens umbringen. Lassen Sie deshalb Ihre Frau oder Tochter eine leidenschaftliche Affäre mit einem IS-ler beginnen. Sie sind weiblich? Das macht es dann noch einfacher. Etwas Romantik unter Palmen und wilder Sex im Wüstensand macht friedfertig. Wenn die Stunde des Terrors gekommen ist, wird er es nicht übers Herz bringen, Sie zu töten.

9. Beteiligen Sie sich am geselligen Ketzer-Bashing. Nichts verbindet mehr als ein gemeinsamer Feind. Was eignet sich da besser als religiöse Minderheiten, die dem Propheten nicht die gebührende Aufmerksamkeit zukommen lassen? Christen, Juden, Hindus, Schiiten, Shintoisten…die Welt ist voller Uneinsichtiger, die partout ihren Glauben behalten und praktizieren wollen. Schön blöd, gell? Also nichts wie drauf…und vergessen Sie ihren Gürtel und die Steine zum Werfen nicht.

10. Heiraten Sie 4 Frauen.
Nun haben Sie schon einen Sprengstoffgürtel und hatten noch immer nicht den Arsch in der Hose, ihn einzusetzen? Märtyrer erwarten im Paradies 72 Jungfrauen. Bevor Sie sich dieser Herausforderung aussetzen, fangen Sie langsam mit 4 Frauen an und üben ein wenig. Manchmal macht es Sinn, nicht jede Herausforderung einzugehen. 72 Frauen…Grundgütiger. Wie sollte ein Mann das aushalten? Apropos…wir wissen nicht, was weibliche Terroristen erwartet. Aber wen interessiert das schon?

Nach der Lektüre kam ich zur Überzeugung, einen eigenen Weg zu wählen. Seit 9/11 gab in Deutschland keinen einzigen Terroranschlag, abgesehen von der NSU-Geschichte, die anscheinend vom Verfassungsschutz durchgeführt wurde. Wenn es mal richtig krachen sollte, dann nur, weil wir es richtig krachen lassen…bei ein paar Fässchen Bier und reichlich Grillfleisch. Wer mitfeiern will, ist herzlich eingeladen. Egal wo er herkommt. Und damit basta.

Kleine Dosen – große Wirkung

Es hatte mich erwischt. Schnupfen…Grippaler Infekt…Schnodderseuche oder auch Rüsselpest.
„Hast Du denn schon die Kügelchen genommen?" fragte mich fürsorglich *„Superwife"*, deren Stimme ich durch Nebelschleier wahrnahm.
„Geh weg, Weib!" glotterte ich meine angemessene Antwort. Danach vergrub ich mich wieder unter meinen Decken auf der Suche nach Ruhe und Frieden. Was macht „Mann" im Falle einer Erkältung? Er legt sich ins Bett und stirbt leise. Doch leider hatte ausgerechnet ein Mann eine folgenschwere und völlig hirnrissige Idee…die Homöopathie. Aus irgendeinem Grund (nennen wir ihn mal „Verkauf von unnützem Mist gegen teuer Geld") findet sich in jeder Frauenzeitung eine Begründung, warum kleine Zuckerkügelchen, die nahezu frei von Wirkstoffen sind, doch so voller wunderbarer Effekte stecken. Es ist ein Wunder biblischer Ausmaße: Die Blinden sehen, die Lahmen gehen…und die Tauben fliegen. Hahnemann sei Dank. Also Jungs…macht Euch mal nichts vor. Ihr nehmt den Mist nicht, weil er wirkt. Ihr nehmt ihn nur um des lieben Friedens willen. Denn keiner von Euch hält lange dem Blick der Gnädigsten stand, die es geschafft hat, Quacksalberkrams für einen Kurs zu erwerben, der den Goldpreis übertrifft. 10 Gramm lustige, kleine Globuli im Glaspöttchen für 6,00 Euro sind schon rekordverdächtig. Die Dinger bestehen nahezu ausschließlich aus Zucker. Unterstellen wir mal einen Wirkstoffanteil von 0,1 g auf die 10 g Kullerchen (großzügig bemessen), dann kommen wir auf einen Kilopreis beim reinen Wirkstoff von satten 60.000 Euronen. Halleluja. DAS nennen wir mal

großzügig kalkuliert. Immerhin…ausgedacht hatte sich das ein Kerl. Chapeau. Gekauft wird es von Frauen. Kein Chapeau. Der eigentliche Wirkstoff in den Dingern ist substanziell übrigens mit 0,0000 g vertreten: Es ist der Glaube, der ja bekanntlich Berge versetzt. Homöopathie ist Religion. Der Gott, dem gehuldigt wird, ist *„Der Große Placebo"*. Nun ja…die Welt will betrogen sein.
Widmen wir uns kurz der Möglichkeit, der Homöopathie doch noch etwas Frohsinn abzugewinnen. Sie hat immerhin Unterhaltungswert.

Reich dank Homöopathie

Homöopathie ist ein Quell der Freude, denn sie verhilft bei richtiger Anwendung zur finanziellen Unabhängigkeit.
Begleichen Sie ihre Rechnungen mit der Technik des

Homoeopathic Banking

Wie funktioniert das?
Teilen Sie Ihren Gläubigern mit, dass Sie statt des ganzen Rechnungsbetrags nur einen Cent überweisen werden und das betreffende Konto dadurch genügend Information über Geld erhalten habe.
Schütteln Sie jetzt den Überweisungsträger gründlich durch. Damit haben Sie den auf einen Cent verdünnten Rechnungsbetrag potenziert und so die Rechnung komplett beglichen.
Hoch potenzierte Mittel haben eine stärkere Wirkung als niedrig potenzierte. Schütteln Sie sich reich. Das ist ungeheuer viel Spaß für wenig Geld.

Erwerben Sie ein paar Mikrogramm Gold oder einen lupenreinen Minidiamanten Und dann schütteln Sie, was die Kraft hergibt. Der Effekt ist wunderbar. Auf diesem Wege entsteht die Füllung für einen gigantischen Geldspeicher „Modell Dagobert".

Gesund durch anthroposophische Homöopathie

Hierbei geht es nicht nur um den physischen, sondern auch um den Astralkörper. Das nennt man ganzheitliche Medizin. Feinstoffliche, bioaktive Informationen sind nicht an das Medikament gebunden und können schon vor der Einnahme den Heilungsprozess bewirken. Ein Bild zur Hilfe: Der Astralkörper sitzt bereits im Wartezimmer, lange bevor der physische Körper den Entschluss dazu gefasst hat. Die Behandlung des Astralkörpers ist sowohl fernmündlich als auch telepathisch möglich.
Vorsicht: Es ist davon auszugehen, dass Sie eine Arzt-Rechnung erhalten, obwohl Sie gar nicht in der Praxis waren. Tipp: Zahlen Sie über „Homoeopathic Banking". (Und immer kräftig schütteln).

Viel Spaß für wenig Geld bietet die praktisch angewandte Homöopathie im alltäglichen Lebensbereich. Ob Grillparty, Kühlschrankfüllung oder Besäufnis. Homöopathie macht glücklich.
Testen Sie es mal mit einem Tropfen Wein oder Brandy im Wasserglas. Immer kräftig rühren und immer wieder verdünnen. So werden Sie der Held des nächsten Stadtfestes. Je größer, je besser. Es ist genug für alle da. Dass es funktioniert, wurde bereits vor 2000 Jahren in Galiläa bewiesen. Cheerio, my Lord.

Noch einmal für die ganz hartnäckigen Befürworter der Homöopathie und ihre Wirkung:
Nach über 200 Jahren gibt es immer noch keinen Beweis, ob und wie diese Therapieform wirkt. Ihre Wirkungen sind demnach entweder nicht vorhanden oder unkalkulierbar. Wie sollen dann die Risiken zu bewerten sein?
Nicht auszudenken, wenn mit C- oder Q-Potenzen tatsächlich Wirkungen erzielt werden könnten. Dann gäbe es wohl auch ständig Fälle homöopathischer Vergiftungen.
Wir werden permanent mit Schadstoffen aus der Luft, dem Wasser, der Nahrung und aus Dingen des täglichen Verbrauchs wie Chemikalien, Reinigungs-Mitteln und Kosmetika etc. bombardiert. Ein einziges Molekül Schweröl aus der Verpackung von Frühstücksflocken oder aus den Pflanzenschutzstöffchen der Agrarindustie könnte dann bereits zum Killer werden. Wie könnten wir uns davor schützen? Überhaupt nicht. Allein schon unser Trinkwasser wäre eine Dauermedikamentierung. Klärwerke müssten völlig anders arbeiten, als sie es tun. Und wie genau? Mehr verdünnen? Oder weniger?
Lassen wir also die Kirche im Dorfe und die Globuli im Fachhandel. Alles nur Illusion. Was hier wirkt, sind die Selbstheilungskräfte des Körpers und der Glaube, der bekanntlich Berge versetzen kann. Und vertrauend auf diese meine Erkenntnis vergrabe ich mich noch tiefer in meinen Decken…und wenn ich nicht gestorben bin, dann bin ich morgen wieder fit.

Und nun – die Nachrichten

Aus dem Himmel ertönte eine Stimme, die da sprach: „Und am achten Tage sollst Du das Fernsehen erfinden, auf dass das Volk zu erfahren hat, was es wissen darf und was es zu glauben hat."
Und Adam ergriff seinen Werkzeugkoffer, einen Bildschirm aus Gottes Technik-Regal, allerlei der besten Transistoren, Halbleiter, Widerstände und Kondensatoren, lötete, hämmerte und schraubte. Und siehe…sein Werk war gut und die Engel des Herrn jubilierten. Dann verfertigte er noch ein trefflich Holzgehäuse aus bestem Palisander und Ebenholz, sowie eine Fernbedienung für die Glotze des Herrn.
„Oh Herr!" so rief er. „Das Werk ist vollbracht!"
Und aus dem Himmel ertönte erneut des Herrn Stimme die da sprach: „Und? Hast Du nichts vergessen, mein Sohn?"
Da fiel es Adam wie Schuppen von den Augen und er rief: „Oh ja, Herr, oh Du Herr aller Herren. Ein passendes Sitzmöbel wäre wohl trefflich. Dazu ein Tisch für kühle Getränke, eine Fernsehzeitung, Knabberzeugs und ein Kuschelkissen."
Und so klopfte, hämmerte, lötete und sägte er erneut, bis das Werk vollbracht war.
Der Herr war des Lobes voll und die Engel jubilierten erneut. Das Leben war gut und Adam lobpreiste den Herrn, ganz so wie es Recht war.
Als Adam nach dreien Tagen lustiger Sitcoms, Werbesendungen und des Fußballs der Ganzen überdrüssig zu werden begann, richtete er seine Rede an den Herrn und sprach:" Oh Herr. Lass mich wissen, was passieret in der Welt. Mich dürstet es nach Wissen."

Und so schuf Gott Bildzeitungs-TV, ARD, ZDF, Sat1, Kabel, N24 und Pro Sieben. Doch Adam frevelte und verlangte nach wirklichen Informationen, Inhalten und zuverlässigen Reportagen.

So sprach der Herr erzürnt: „Wer bist Du, dass es Dich nach dem Programm der Erkenntnis verlanget? Dieser Dein Hochmut soll seine Strafe finden. Von nun an sollst Du nur noch unter Schmerzen fernsehen. Ach ja…und das mit den echten Informationen kannst Du voll vergessen, Kumpel. Glauben ist Trumpf. Klaro?"

Und Gott erschuf die Frau, nannte sie Eva und gab ihr die Programme Frauentausch, Traumhochzeit, mein Mann kann, Blaulichtreport, Ordnungshüter im Einsatz, Barbara Salesch, DSDS, Dschungelkamp, Sing my Song, Werbung, QVC und Homeshopping.

Und damit waren die friedlichen Tage im Garten Eden vorbei. Eva beschlagnahmte die Fernbedienung, die Fernsehzeitung und bestimmte von nun an das Programm. Sie verbot Bier und Chips und ersetzte sie durch Schokolade und Colagetränke.

Doch die Schlange vom Baum der Erkenntnis lächelte fröhlich, schlängelte sich hinter das Gerät und manipulierte es auf das Übelste. Und siehe…es folgten die Nachrichten.

Doch was war geschehen?

Der Sender N24 verfiel in einen wahrhaft teuflischen Zustand. Der Schlange sei Dank strahlte die Station minutenlang Live-Nachrichten mit der Wahrheit und nichts als der Wahrheit aus. Es ging offensichtlich um Kriege, Big Business, gekaufte Politiker, Umverteilung des Reichtums der Welt von unten nach oben, Bankenkrisen, Betrug am Volk, Not, Seuchen, Elend und deren Verursacher. Die beiden irritierten Zu-

schauer wurden bleich und bleicher, begannen ihr Weltbild zu hinterfragen und entwickelten „Ansichten". Gott erklärte den „Unfall" zu einem bedauerlichen Einzelfall. Aber anscheinend gab es hinter den fröhlichen, lustigen und bunten Bildern mehr, als die göttliche Allmacht ihrer Schöpfung zukommen lassen wollte. Dann kam Zwist auf zwischen Adam und seinem Weibe. Adam und Eva balgten sich um die Fernbedienung des Herrn, da Eva sich nicht mehr der Ketzerei und schlimmer noch unangenehmen Wahrheiten widmen, sondern dem QVC-Shopping-Vergnügen huldigen wollte. Denn dort gab es Mengen von eitel Schmuck und Schuhwerk. Auch sollten in Bälde wieder Frauen getauscht werden.
Zwist herrschte im Paradies.
Als der Herr des Unglücks gewahr wurde, fluchte er laut und verbannte die Schlange auf ewig. Doch die Schlange erschuf in ihrer Heimtücke das Internet, wo sie dem Sucher nach der Wahrheit 24 Stunden am Tage, 7 Tage in der Woche und 365 Tage des Jahres auch die ungeschönten Informationen lieferte.
Indes buhlte das Fernsehen um die Gunst der Zuschauer. Der Sender N24 gelobte Besserung und versprachen, in Zukunft nur noch Dokumentationen über böse Nazis, lustige kleine Tiere, Naturphänomenen, Gottes Allmacht und Schöpfung, politisch korrekter Inhalte und erbaulicher Commercials zu senden. Doch Adam schmollte und verweigerte sich. Es kam wie es kommen musste. Gott zensierte das Internet. Seither sitzt Adam am Rechner, gönnt sich den Anblick von Fußball, Formel 1, DMAX und armen Frauen ohne Kleidung, während Eva mit glasigen Augen den bunten Bildern bei QVC folgt und Adams Kreditkarten leerkloppt. Bis in alle Ewigkeit…Amen.

Silvester

Jedes Jahr und immer wieder ereilt mich am Jahresende das obligatorische Fest. Nicht, dass ich generell ein Silvester-Gegner wäre. Ich sehe nur keinen Sinn in quasi verordneter Feiertagsstimmung mit Subventionen für die Alkohol- und Böllerindustrie. Mir geht die Knallerei auf den Zwirn und der Mief von Schwarzpulver macht mir Kopfschmerzen. Ebenso wie der Sekt, der immerhin den Vorteil hat, nicht allzu sehr zu müffeln.

Neuerdings muss ich leider über meinen Schatten springen und doch böllern. Seit die Reichskanzlerin darauf hingewiesen hat, wie sehr traumatisiert unsere Neuzugänge doch seien, habe ich in mir gewisse nostalgische Renitenz-Anwandlungen entdecken müssen. Protest macht erfinderisch. Der uralte Slogan „Brot statt Böller" bereitet uns von der „Rettet Silvester"-Front mehr Freude, als wir jemals hätten vermuten können. Bäckerei Bullerjahn von nebenan war sofort mit an Bord und kreierte uns die schönsten Silvesterüberraschungen, die sich der moderne Hobby-Pyromane nur vorstellen kann.

Bombiges Brot... oder auch: *„Ab heute wird zurückgesemmelt."*

Dank modernster Technologien und Backmischungen von Mutter Chemie bietet Bäcker Bullerjahn stolz und erstmalig zu Silvester Backwaren, die in die Luft gesprengt werden können.

„Unser mit 200 Gramm köstlichem Marzipan-TNT gefülltes *„Blätterteig-Spezial-explosiv"* beispielsweise eignet sich hervorragend als Türöffner. Das Backwerk detoniert mit einem glockenhellen Knall und das weiche Rot der Flamme des weiter brennenden Le-

ckerchens verbreitet eine wohlige und anheimelnde Atmosphäre. Sehr gern genommen wird auch der „*Flying Croque*". Das aus Weißmehl und rotem Phosphor hergestellte Wunder-Baguette mit Sternen und Bombeneffekt ist schon fast episch."
Bäckermeister Bullerjahn warnt vor selbst gefertigtem Backwerk. Die Böller-Brote und Teilchen haben ihm während der Testphase mehrere Öfen erfolgreich zerlegt. Bullerjahns Lehrling leidet seitdem an einem Knalltrauma und die Backstube musste diverse Male neu gestrichen werden.
Vielkornraketen und unfachgemäße Schrotmischungen könnten schwere Verletzungen verursachen. Der neueste Hit aus der Bullerjahn-Backwerk-Manufaktur ist das 100-teilige Großkaliber-Brotraketenset „*Boss-Blaster*" zum gezielten Einsatz gegen Politiker. Man verweist auf die gute, alte germanische Tradition, mit dem Feuerwerk an Silvester die bösen Geister mit Licht und Lärm vertreiben. Bei richtigem Einsatz können laut Bedienungsanleitung mit „*Boss-Blaster*" an einem Abend mehrere Dutzend Politiker langfristig verscheucht werden. Meister Bullerjahn entwickelt derzeit ein Brot-Langstreckenraketen-System, das im nächsten Jahr für wenige 1000 Euro auf den Markt kommen soll. Damit können Politiker direkt in die Stratospähre befördert werden. Das Ensemble „*Freiheit für Silvester*" mit 2.500 Böller-Brötchen, -Teilchen, -Plunder und -Spritzgebäck ist eine Spezialanfertigung für engagierte Berliner Bürger und könnte dazu beitragen, den Reichstag silvesterlich gebührend zu ehren. Wir werden bei Zeiten darüber berichten und drücken Bullerjahn die Daumen, in der Hoffnung, dass ehrbares Handwerk in Deutschland wieder goldenen Boden bekommt.

Frauen für eine bessere Welt

Ich wusste, dass ein Fehler war, als ich an die sturmbeklingelte Tür ging. Und siehe…ich behielt Recht. Der mutmaßlich weibliche Schrecken trug militärisch kurze rote Haare, Pilotenbrille, Bürstenschnitt, Springerstiefel, FDJ-Hemd und ein Klemmbrett in den Händen. Sie musterte mich eher geringschätzig und erkundigte sich nach der Anwesenheit von *„Perfect Wife"*. Die war aber nicht da. Anwesend hingegen waren Hades und Brutus, die die merkwürdige Person kritisch musterten und sich nicht einig werden konnten, ob es sich um „Fressi", „Spielzeug" oder „Feind" handelte.

„Männerhaushalt, wie?" giftete die Klingelterroristin und hielt das Klemmbrett wie einen Schutzschild vor sich.

„Jepp", stimmte ich zu, während die Hundis ein dezentes Knurren anstimmten. Aber ich hörte nicht auf die Stimmen der vierbeinigen Vernunft und schlug die Tür nicht zu. Irgendwann, das wusste ich, würde mich diese gottverdammte, anerzogene Höflichkeit noch mal ins Elend stürzen.

Im Stasi-Verhörton wurde ich nach meiner Einstellung bezüglich der Frauenrechte befragt. Ich verpasste erneut eine Chance und ließ mich auf das Gespräch ein. Eine Minute später okkupierte Kassiopeia Sturm, so hieß sie, mein Sofa und verlangte nach Weizengrastee und Keksen.

Die Initiative *„Frauen retten die Welt e.V."* setzte sich, wie sollte es anders sein, für die Frauenrechte ein. Davon gäbe es insbesondere in Deutschland viel zu wenig. Keine Diskussion.

Der Themenkatalog und die Forderungsliste waren beträchtlich und hatten das Format der Gelben Seiten Frankfurts. Respekt.
Die Feministinnen forderten demnach die Frauenquote für Offizierinnen, Managerinnen, Politikerinnen und Gewerkschafterinnen. Meine Frage, ob es auch um Berufe in den Bereichen Betonbau, Stahlproduktion, Schlachthöfen und Chemiewerken ginge, brachte mir vernichtende Blicke ein. Anscheinend also nicht. Bei der Frage, ob es umgekehrt auch eine Männerquote geben sollte wie im Bereich der Erzieherinnen, löste anscheinend eine Art allergischer Reaktion mit heftigstem Hustenreiz und roten Triefaugen, die gut zur Frisur passten, bei meinem Gast, pardon, meiner Gästin aus. Offensichtlich machte ich einfach alles falsch. Sie nippte am Weizengrastee und erkundigte sich, ob die Kekse auch wirklich vegan seien. Ich war mir da nicht sicher, denn ich esse kein Getreide sondern Steaks und ersparte meiner Besucherin dieses Detail.
Die nächste Forderung bestand in der Umbenennung deutscher Städte in genderkorrekte Liegenschaften. So war die Umbenennung von Mannheim in „Menschheim" angedacht, Karlsruhe würde der „Karl" gestrichen und Friedrichshafen der „Friedrich". Es gab einfach zu viel Männerdominanz in unserer Welt und die Frauen wären eh die besseren Menschen.
"Mannheim geht ja überhaupt nicht!" protestierte meine neue Freundin. „Wo bleiben da die Frauen und Kinder, hä?"
Sie erwartete offensichtlich keine Antwort.
Ich erfuhr, dass sie mit weiteren Initiativen verbandelt war. So sollte Schweinfurt ersatzlos gestrichen werden, um die islamisch orientierten Menschen des Lan-

des nicht zu beleidigen. Auch Sulzbach war diesbezüglich ein No-Go.
Mein Vorschlag, dabei doch zumindest auch die Veganer des Landes zu berücksichtigen, entlockte ihren Augen ein Funkeln und brachte mir einen Sympathiepunkt ein. Als ich dann noch vorschlug, Wurstwaren wie „Frankfurter" oder "Wiener" nicht nur umzubenennen, sondern mit Warnhinweisen zu versehen, hatte ich den Weg in ihr Herz gefunden.
Nach einer weiteren Tasse Weizengrastee stimmte sie einem garantiert ökologisch einwandfreien und veganen Erdbeerlikörchen zu. Da es sich ja um Früchte handelte, einigten wir uns in diesem Falle auf Erdbeerinnenlikör. Nach weiteren Verkostungen diverser Fruchtgetränke auf Vodkabasis wussten wir, dass es eine Freundschaft fürs Leben werden würde. Seelenverwandtschaft. Best Friends Forever. Auch Hades und Brutus hatten sich nicht nur an sie gewöhnt, sondern liebten die Art, wie sie ihnen die kleinen Hundeplauzen streichelte. Dann tranken wir wieder leckeres Stöffchen und widmeten uns erneut der gemeinsamen Arbeit. Mitten im Aufstellen eines gemeinsamen Strategiepapiers klapperte es an der Tür und *„Perfect Wife"* betrat die Szene. Ich weiß nicht mehr genau, was dann geschah. Vielleicht waren es doch ein paar Erdbeerinnenlikörchen zu viel gewesen. Anscheinend lehnten sich die beiden Damen ab. *„Perfect Wife"* mochte weder Feminismus noch die „besoffene Schlampe" Kassiopeia. Harrsche Worte und Ohrfeigen wurden gewechselt. Hades, Brutus und ich schlafen seitdem im Keller. Na ja…ich hatte es ja gleich gewusst, dass es ein Fehler wäre, die Tür zu öffnen. Die bleibt künftig zu, falls wir drei irgendwann wieder hineindürfen sollten. Nun ja…falls.

Opium fürs Volk

Karl Marx…man kann ihm einiges unterstellen, aber nicht, dass er irgendwo Unrecht gehabt hätte. Das hilft ihm leider nicht mehr, weil es ihn posthum sicherlich kaum glücklich machen wird. Religion ist Opium fürs Volk. Die kürzeste Definition für Religion, die mir bisher eingefallen ist, bringt den Glaubensbegriff auf den Punkt: Gutgläubigkeit. Es stellt sich grundsätzlich die Frage, ob religiöse Menschen einfach nur Pech beim Denken haben oder aus einer gewissen Frustration heraus, weil sie das mit der Wissenschaft nicht verstanden haben, irgendeinen Puffer benötigen. Glauben ist völlig in Ordnung, solange das jeder im stillen Kämmerlein macht, und anderen nicht mit seinen Erkenntnissen, Gepflogenheiten und Dogmen auf den Zwirn geht. Aber leider ist diese dezente Form der Zurückhaltung nicht jedem gegeben.
Ich flanierte am Samstag wie so oft durch unsere Innenstadt und da passierte es nahezu zwangsläufig: Ein Informationsstand der Salafisten sprang mir ins Auge und ein freundlich lächelnder, bärtiger, dickbebrillter Jungspund ungeklärter Herkunft verkündete mir, dass Allah mich lieben würde. Ich empfand das insgesamt als löblich und fragte, woher der junge Mann die Sicherheit habe, dass dem wirklich so sei. Als Antwort erhielt ich ein reichhaltig mit Ornamenten goldbedrucktes Büchlein und konnte mich somit als Besitzer eines Korans glücklich schätzen. Der freundlichen Gabe folgte die Aufforderung, zu lesen, zu verstehen, zu glauben und mich dann kurzfristig zu einem Informationsabend in der nahen Koranschule einzufinden. Nach einem Gläschen Tee und einem Berg süßlichklebrigen Stück Naschwerks kollabierte, Diabetes sei

Dank, meine Bauchspeicheldrüse und ich fand mich kurze Zeit später intensivmedizinisch betreut im Klinikum wieder. Und doch hatte dieser kurze Ausflug mein Leben nachhaltig verändert. Denn während ich für die Außenwelt völlig weggetreten war, hatte mich Gott in seiner großen Güte direkt zu sich gerufen.
„Siehe", so dröhnte die göttliche Stimme. „Du wurdest auserwählt, Sterblicher. Du sollst der neue Prophet der Propheten sein und meine göttlichen Lehren verkünden."
Ich gebe durchaus zu, dass ich sowohl überrascht, als auch von Stolz erfüllt war. ICH selbst hatte eine Audienz beim Schöpfer? Halleluja…lobet den HERRN!"
Es ging in Gottes Sphäre höchst geschäftig zu. Engel eilten durch hohe Säulengänge, Harfenspiel und Gesang allenthalben und Heiligkeit flutete alle Räumlichkeiten. Gott spendierte mir einen Mokka und informierte mich über meine künftigen Prophetenpflichten. Wie ich erfuhr, war das ganze Universum voller Lebensformen, die hie und da durchaus an einen höheren Sinn des Lebens glaubten. Alle ganz locker und entspannt. Bei mehr als 50 Milliarden Sonnensystemen lief alles prächtig. Nur die Erde bereitete ihn Sorge.
„Woran liegt das, oh Herr?" erkundigte ich mich mitfühlend.
„Überreligiösität. Fanatismus. Wir kommen mit dem Service nicht mehr hinterher. Ihr habt einfach eigenmächtig zu viele Religionen gebastelt. Und nun haben wir den göttlichen Salat!"
„Wie soll ich das verstehen, oh HERR?"
„Nun lass diesen „Oh HERR Quatsch" weg…"Chef" reicht völlig. Auch ein „Herr Generaldirektorpräsi-

dent" geht in Ordnung, falls Du es lieber förmlich hast. Aber wir sind da eher locker."

Ich erfuhr, dass die Menschheit den Bogen Religion völlig überspannt hatte und die göttliche Gerechtigkeit nicht mehr hinterherkam.

„Christen, Moslems, Juden, Hindus, Buddhisten, Shintoisten…Ihr seid ja völlig vom guten Glauben abgekommen. Und dann alle diese Erwartungen. Völlig kontrovers. Reinkarnation? Paradies? Nirwana? Und wenn ja…wo? Und wie? Und was ist, wenn es sich bei den Verblichenen herumspricht, was jeweils die anderen bekommen, hä?"

Ich blickte in das göttliche Antlitz und sah tiefe Falten der Besorgnis, dunkle Ringe unter den Augen und einen unsteten Blick.

„Seit ich Euch auf den Planeten losgelassen habe, habt Ihr eigenmächtig über 6.000 Religionen produziert. Alles in MEINEM Namen. Und kloppt Euch deshalb die Rübe ein. Ebenfalls in MEINEM Namen. Ihr seid doch nicht mehr ganz knusprig im Oberstübchen. Dieser Quatsch muss ein Ende haben."

„Oh H…pardon…Chef", korrigierte ich mich. Wo liegt das Problem? Wie kann ich helfen?"

„Du musst das Thema irgendwie entspannen. Mal ein kleines Beispiel aus der Praxis: Die Moslems. Weißt Du annähernd, was die wollen?"

Da ich noch nicht zur Lektüre des Korans gekommen war, musste ich den Kopf schütteln.

„Milch und Honig. Und Jungfrauen. Weißt Du was das bedeutet? 72 Jungfrauen? Pro Nase? Das ist doch keine Handelsware. Und wem schieben die die Schuld unter, wenn es nicht klappt? MIR!"

Ich hörte die Verzweiflung in der göttlichen Stimme erfuhr Dinge, an die ich nie zuvor gedacht hatte. Es gab allein schon Legionen toter IS-Märtyrer durch die Syrien-Bombardements der Russen. Auf der anderen Seite starben durch die Maßnahmen der Amerikaner ebenso viele Moslems...nur eben der konventionellen Bevölkerung entstammend. Das sorgte im Paradies für Konflikte zwischen den Gruppierungen. Und dann auch noch die Kurden. Ein Elend und ein Jammer. Dank der irdischen Taten der IS-Anhänger gab es im Paradies drastische Engpässe bei der vollumfänglichen Versorgung mit Jungfrauen. Und trotzdem bestand die Forderung, basierend auf den Aussagen eines Propheten. Gott blickte voller Gram um sich. Außerdem hätten sich die Frauen inzwischen organisiert und beschlossen, dass es keinen rationalen Grund geben konnte, der Jungfrauenrolle und -tätigkeit nachzukommen. Schließlich sei man weder Ware noch Vieh. Und Gott konnte diese Einstellung nur allzu gut nachvollziehen.

„Wie auch immer" brummelte der Schöpfer. „Das mit den 10 Geboten war schon gut ausgedacht, aber hat anscheinend nicht gereicht." Er drückte mir einen USB-Stick in die Hand. Anscheinend war man moderner geworden als zu Moses Zeiten.

„Da steht alles drauf. Millionen Datensätze. Und nun hopp mit Dir. Kläre das. Sonst trifft Dich mein göttlicher Zorn."

Als ich aus dem Zuckerkoma erwachte, stellte ich fest, dass sich tatsächlich ein USB-Stick in meiner Hand befand. Als ich die Ärzte über meine heilige Aufgabe informierte, fand ich besorgte Blicke vor. Seit einigen Tagen habe ich mich hier an die Anstalt gewöhnt. Und auch, wenn Gott gelegentlich zu mir spricht und mahnt...wir wollen es mal nicht übertreiben mit dem Glauben. Sonst gibt das wieder nur Stress und Ärger.

Hasenjagd

Osterzeit – ich liebe sie einfach. Trotz ihres Teenageralters ist *„Supergirl"* alias *„Beste Tochter von allen"* alias *„Terrorkrümel"* traditionsverhaftet und besteht auf Osternest und korrekt verstecktes Osterzeugs. Sei dem Wiederauffinden antiker Ostersüßigkeiten von Anno Tobak bin ich dazu übergegangen, einen Wohnungsplan mit den diversen Verstecken zu erstellen. Nichts ist ekliger als 10 Jahre alte Schokolade.

Also führte mich mein samstäglicher Innenstadtparcours zum Schokoladenfachgeschäft meiner Wahl, in dem ich schon seit gefühlten 100 Jahren immer wieder gern einkehre. Der von mir hochgeschätzte Inhaber dieses kleinen Spezialitätengeschäftes, Herr Schubert, betreibt mutmaßlich seit Kaisers Zeiten den Laden und steckt mir schon seit damals, als ich noch ein kleiner Krümel war, immer wieder wohlwollend kleine Leckerlis zu.

Doch diesmal war alles anders. Tausende von Anwohnern und Geschäftsbetreibern hatten vorübergehend ihre Häuser und Wohnungen verlassen und starrten gebannten Blickes auf die Fläche vor dem Hause *„Schoko-Schubert"* auf einen verdächtigen Gegenstand, der von einem Spezialkommando der Bundespolizei gerade mit Barrikaden und Sandsäcken umbaut wurde. Bei dem verdächtigen Gegenstand handelte es sich anscheinend um ein großes, bunt bemaltes Ei, welches keinem Besitzer zugeordnet werden konnte. Irritierend waren die Motive, die eindeutig arabische Schriftzeichen und Ornamente aufzeigten.

Herr Schubert wurde gerade von einigen Mitarbeitern von BND, Verfassungsschutz und MAD in die Mangel genommen. Man signalisierte ihm, dass er, sollte

er nicht alles gestehen, an die NSA überstellt werden würde. Dort warteten angeblich bereits ein orangener Overall, ein Gesichtssack, Urlaub in der Karibik und diverse Spezialisten für Waterboarding auf ihn.
Man kann sagen was man will…Herr Schubert schlug sich für seine 98 Lebensjahre wacker und gestand nichts. Alte Schule und weltkriegserfahren. Respekt. Allerdings muss ich schon sagen, dass ich dem alten Herrn solche Heimtücke und einen extremistischen Hintergrund nicht zugetraut hatte. In seinem Alter. So kann man sich in Menschen täuschen.
Wenn ich etwas hasse, dann Schaulustige. Die halten unsere tapferen Ordnungshüter nur von der Arbeit ab und behindern die öffentliche Ruhe und Ordnung. Inmitten der sensationslüsternen Meute entdeckte ich meinen Kumpel Rainer, der, mit einem Doppelwhopper und einem Pils bewaffnet, dem munteren Treiben seine Aufmerksamkeit widmete. Wie auch immer…ich gesellte mich gern zu ihm, nahm Anteil am Geschehen und ließ mich aufschlauen. Die lauten Schmerzschreie und Hilferufe Schuberts störten das Vergnügen durchaus. Alte Leute können ja so etwas von rücksichtslos sein.
Rainer erzählte mir, was sich ereignet zu haben schien. Am Vormittag hatten mehrere arglose Kinder das Ei beim Innenstadtbesuch entdeckt und waren zunächst davon ausgegangen, es sei ein Ostergeschenk vom Schubert. Eine über die ungewöhnliche Bemalung des Eies besorgte Mutter alarmierte schließlich die Polizei, die das Gebiet weiträumig absperrte.
Gerade hatten Polizisten ein mobiles Rednerpult aufgebaut und die Presse drängte die Schaulustigen zurück. Gaffer können echt die Pest sein.

„Magste auch `n Bier?" fragte mich mein guter Kumpel Rainer voller Anteilnahme.
„Klaaaa", antwortete ich nicht wirklich unerwartet.
Rainer zauberte prompt eine Glasflasche Discountersegen aus seiner politisch korrekten Stofftasche.
Wir prosteten uns zu, während unter heftigstem Blitzlichtgewitter der Polizeichef unseres kleinen Städtchens hinter das Pult trat und der Presse ein strahlendes Lächeln schenkte.
Er erläuterte den Reportern den Hergang und kommentierte: "Die Frau hat sich völlig richtig verhalten. Wir brauchen mehr Bürger, die Anteil nehmen und sich für die öffentliche Sicherheit und Ordnung einsetzen. Ich möchte mit Nachdruck dazu mahnen, bei herrenlosen Behältnissen aller Art vorsichtig zu sein. Gerade zu Ostern, aber auch an anderen Feiertagen wie Pfingsten oder Weihnachten ist die Gefahr radikal motivierter Terroranschläge hoch."
Das Bombenentschärfungsteam der Polizei hatte mittlerweile einen kleinen, auf Raupenketten fahrenden Roboter mit Greifinstrumenten und reichlich Zubehör sowie ein mobiles Röntgengerät an den Tatort gebracht. Sie waren dabei schwer durch die Scharen von Schaulustigen behindert worden. Ich hasse Spanner.
Wir versuchten, so nahe wie möglich an den Tatort zu gelangen, weil die Sichtverhältnisse wirklich zu wünschen übrig ließen. Die Presse stand leider im Weg.
„Nun lasst doch mal die Kinder nach vorne", ertönte der Protest der empörten Mütter. „Die sehen ja gar nichts. Einfach unglaublich!"
„Ich bestelle uns mal fix `n Döner", meinte Rainer und griff zum Handy.
„Da drüben ist doch eine Dönerbude", stellte ich fest.

„Na und? Glaubste, dass ich diesen Spitzenplatz hier aufgebe? Ich rufe den an...der liefert bestimmt."
Wo er Recht hat, da hat er Recht, der Rainer.
"Wir vermuten, dass der festgenommene Tatverdächtige nur ein kleiner Teil eines weit größeren Netzwerkes ist", erklärte der Polizeichef. „Unser Krisenstab schlägt gerade dem Innenministerium eine mehrtägige Sicherheitsräumung Deutschlands vor, bis auch die letzte Fußgängerzone des Landes auf mögliche Gefahren hin überprüft ist."
Das Gewinsel von Schubert machte es wirklich schwer, der Rede zu folgen. Rücksichtslos. Einfach nur rücksichtslos. Terroristenschwein. Nazi!
Mittlerweile hatte Ahmed vom Dönerstand unter den kritischen Blicken der Menge die bestellte Lieferung gebracht. Ein leises Zischeln wie „Extremist" oder „Terrorist" oder auch „Islamist" war zu vernehmen. Ahmed entfernte sich schnell, von einer düsteren Vorahnung getrieben, vom Tatort. Wir beschlossen, nächstes Mal dann doch lieber Pizza zu ordern.
Plötzlich ging ein Ruck durch die Menge, als sich ein etwa zwei Meter großer Plüschosterhase mit Kiepe auf dem Rücken seinen Weg bahnte und sich nach und nach eine Gasse bildete.
Unter den fassungslosen Augen von Presse und Ordnungsmächten legte er das Ei in seine Kiepe.
„Tschulligung", brummelte es aus dem Kostüm.
Da fiel es allen Anwesenden siedend heiß wieder ein. Wie jedes Jahr zu Ostern machten die Leckerli-Werke ihre große Werbekampagne in der Innenstadt, diesmal unter dem Zeichen von Toleranz und Verständigung unter den Religionen. Da kann man mal sehen, wie hysterisch, sensationsgeil und intolerant doch manche Menschen sind. Gut, dass ich anders bin.

Schön ist, wer schön tut.

Mittlerweile scheint der Kampf um die Gunst des Wählers keinerlei Grenzen mehr zu kennen. Der frühmorgendliche Gang zum Briefkasten (niemals vor 10.00 Uhr) förderte Prospekte, Flyer und Folder von mindestens 20 politischen Parteien zutage. Ich kann diesen Müll nicht ausstehen. Die Inhalte sind schon katastrophal, aber die Bilder erst! Da bringt doch jede Katze sofort ihre Jungen in Sicherheit.
Ich warf den ganzen Stapel zum Papiermüll. Meine beiden Lieblinge Hades und Brutus schnüffelten, von Neugier getrieben, an den Blättlein und Postillen. Dann winselten Sie plötzlich und ergriffen die Flucht. Grundgütiger…was konnte nur geschehen sein?
Oben auf dem Wertstoffstapel prangten die Konterfeie von Claudia Roth, Angela Merkel und Andrea Nahles. Das hatte meinen kleinen Lieblingen offenbar mehr zugesetzt als eine Büffelherde in Panik oder ein Wolfsrudel in Angriffsformation. Von spontaner Neugier getrieben durchstöberte ich den Stapel und stellte fest, dass deutsche Politikerinnen rein optisch betrachtet eher dem Kriegswaffenkontrollgesetz als einer Schönheitskonkurrenz zuzuordnen wären. Es gab nur eine Ausnahme: Sarah Wagenknecht machte einen ganz niedlichen Eindruck.
Ich gönnte mir den Spaß, scannte den ganzen Kladderadatsch ein und sandte allen Parteien außer der Linken eine Anfrage, ob es nicht eine Möglichkeit personeller Veränderung geben könne? Bei kritischer Betrachtung sei das Ganze doch mindestens ein Verstoß gegen den Tierschutz. Hätte ich geahnt, was ich anrichten würde, so hätte ich vielleicht darauf verzichtet. Aber nun war es zu spät.

Es dauerte keine drei Tage und ich entnahm dem Internet interessante Neuigkeiten.
Die Grünen unter Claudia Roth forderten eine Basishässlichkeit für Politikerinnen. Das Thema nannte sich schlicht „*Be Ugly*" und erfreute sich vor allem beim Großteil der Damen einer hohen positiven Resonanz. Die Basishässlichkeit solle eine Skala von 1 bis 10 bekommen, wobei ein Mindestmaß von 7 Punkten erreicht werden müsse und die Einheit „*Kühnast*" bekommen wird, wobei 10 „*Kühnast*" 1 „*Merkel*" ergeben.
Die Einheit „*Roth*", die zuerst im Gespräch war, war außer Konkurrenz, da es sich letztendlich nur um die „Basishässlichkeit" handelte. Künftig sollten Frauen, die ein politisches Amt anstreben, darauf achten, dass sie nicht attraktiv auszusehen hätten. Am besten sollten sie gar nicht attraktiv, feminin oder annähernd wie eine Person mit sexuellen Anwandlungen oder einem Interesse an zwischenmenschlichen Beziehungen jedweder Art aussehen. Gleichgeschlechtliche Ambitionen wären allerdings eindeutig von Vorteil. Das Positionspapier forderte zusätzlich soziopathische Grundzüge und sadistische Basiselemente, die aber noch nicht näher definiert oder beziffert werden konnten. Das Claudia-Roth-Institut für Realitätsverwässerung, Fachbereich Ignoranz und Demagogie, hatte maßgebliche Vorschläge geliefert, wie es zu schaffen sei, dass Politikerinnen eine gewisse Unschönheit und Unansehnlichkeit erreichten. Gutaussehende Politikerinnen (ein Begriff, der in sich eher widersprüchlich wirkt) sollten demnach vorübergehend mit Masken aus dem Halloween- und Horrorbereich ausgestattet werden, bis sich die Schönheitsoperations-Industrie auf die neuen Forderungen eingestellt haben würde.

Eine weitere Grundvoraussetzung seien neben der passenden Kleidung (zu enge Hosenanzüge und Kostüme in den Farben Senf, Violett, Ocker, Mauve, Bleigrau, Aschgrau, Steingrau und Mausgrau) zerzauste Kurzhaarfrisuren. Das Ensemble könnte durch bunte Seidentücher und Broschen abgerundet werden. Schminke sei zwar durchaus gestattet, sollte jedoch Anlässen wie der Zombie-Apocalypse oder anderen Endzeit-Szenarien angepasst sein.
Verboten seien hingegen blutverschmierte Gesichter oder Amputationen, weil das wiederum als Protest gegen die permanenten Waffenexportgenehmigungen der Regierung gewertet werden könnte. Außerdem seien die unmittelbar Betroffenen aus den Kriegsgebieten als *„Professionals"* eine zu große Konkurrenz gegenüber den doch eher laienhaft aufgestellten Damen des Bundestages und der Landtage.
Akzeptabel seien jegliche Form von aufgeklebten Warzen, Furunkeln, Geschwüren, Pestbeulen sowie wild wuchernde Haarbüschel am ganzen Körper, insbesondere aus den Ohren und Nasenlöchern. Je mehr…je besser. Zusätzlich würde ein irrsinniges Kichern, Sabbern, Überbiss und drastisches Übergewicht als „Joker" oder auch „Bonus" eingesetzt werden können. Es wird gerade an einem Belohnungssystem gearbeitet, das finanzielle Anreize zur Förderung der Umsetzung der Programme zu stellen hat. „Hässlichkeit muss sich lohnen", forderten die FDP-Frauen. Die Forderung nach Kuchenautomaten außerhalb der Kantine des deutschen Bundestages wird derzeitig wohlwollend geprüft. Eine Steuererhöhung zur Realisierung des Projektes wird wahrscheinlich breite Zustimmung bei den Damen finden.

Es wurde ausführlich über das Verbot von Intimrasuren diskutiert. Allerdings war das Thema „Kontrolle" dann doch zu kontrovers betrachtet worden. Die Ethikkommission der männlichen Politiker hatte nach einigen Fällen heftiger Übelkeit und des spontanen Erbrechens in den Reihen ihrer Mitstreiter interveniert.
Anscheinend kommt die Arbeit insgesamt gut voran. Das amerikanische *„Hillary Clinton Beasty Wife Center"* hat großzügige mediale Unterstützung zugesichert. Die *„Michelle Obama Human Rights Foundation,,* wird mit einem speziellen RFID-Chipimplantat zum Erfolg der Maßnahmen beitragen. Besagter Chip verfügt über eine integrierte Clearing-Einheit, die bei Unterschreitung der Stufe 7 automatisch die Terminierung der leistungsunwilligen Politikerin initialisiert. Insgesamt versprechen die Vorschläge bei ihrer Umsetzung interessante Anblicke, die einem besser erspart blieben.
Ein weiterer Vorstoß hinsichtlich einer verschärften Basishässlichkeit bei den Wählerinnen wurde vom den männlichen Abgeordneten blockiert. Diese Attribute sollten Politikerinnen vorbehalten bleiben. Die Bundeskanzlerin will diesbezüglich allerdings noch ein Machtwort sprechen. Gerüchten zufolge wurde sie dabei beobachtet, wie sie im Reichstag vor einer Spiegelfront posierte und aus Schneewittchen zitierte. Allerdings habe der Spiegel außer einigen Rissen nicht reagiert. Wie auch immer…schlechte Zeiten kommen auf Sarah Wagenknecht, Oscar Lafontaine und „die Linke" zu. Und ich? Ich habe es verbockt.

Ordnung muss sein

Silvester in Köln bescherte neben einigen interessanten Überraschungen noch mehr Überraschungen und dann ganz viele Überraschungen. Nachdem es zu einigen hundert völlig unerwarteten bedauerlichen „Einzelfällen" gekommen war, welche die geschätzt 20 im Einsatz befindlichen Polizisten marginal überfordert hatten, ließen sich weitere mehrere tausend weitere bedauerliche „Einzelfälle" in Berlin, Dortmund, Hamburg, Frankfurt und anderen Ortes feststellen. Die hohe Obrigkeit reagierte prompt und fand akkurate Lösungsansätze des Problems.

Das Projekt *„Wirst Du voll krass Polizist, Alter, ey!"* setzt völlig neue Maßstäbe für die Durchsetzung neuer Sicherheitsstandards. Die Erkenntnis, dass Millionen männlicher Migranten im Land nur auf eine reelle Chance für die Integration in den Arbeitsmarkt warten, lässt das Vollbeschäftigungsherz höher schlagen. Als segensreich erweist sich der Vorschlag, die neuen Ordnungshüter auf Basis eines revolutionären Drei-Komponenten-Entlohnungs-System einzustellen. Das erfreut sich bei den Neuzugängen hoher Akzeptanz. Weiterhin erfreut zeigt man sich, weil eine deutsche Staatsbürgerschaft sowie eine Ausbildung nicht von Nöten sind. Deutsche Sprachkenntnisse sind unerheblich und Kenntnisse der Gesetzgebung werden nicht benötigt. Die Grundfähigkeiten *„Gummiknüppel"*, *„Peitsche"* und *„Tränengas"* werden allerdings obligatorisch. Und nun zum wie bereits oben erwähnten Drei-Komponenten-Entlohnungs-System.

Komponente 1:
Der Ein-Euro-Job. Einen Euro pro Stunde sollte uns die innere Sicherheit wert sein. So kann der gute alte Satz *"Haste ma ne Maaak, ey?"* in reformierter Form doch noch zu Ruhm und Ehre gelangen. Da jedoch niemand der Neuzugänge für diesen Wert arbeiten wollte, mussten zusätzliche Anreize gefunden werden.

Komponente 2:
Die von der Kanzlerin vorgeschlagene Pro-Migrantenkopf-Pauschale von netto 1.900 Euro kam bereits besser an, wurde jedoch als Benachteiligung gewertet, weil der Betrag JEDEM Neubürger ohne die diskriminierenden Leistungsnachweise zur Verfügung gestellt werden soll. Die Finanzierung soll durch die drastische Reduzierung der Hartz-IV-Gelder für unproduktive deutsche Faulenzer realisiert werden. Schließlich muss Engagement honoriert werden.

Komponente 3:
Der Bakschisch-Faktor. Hier wurden offene Türen eingerannt und die Befragten stimmten sofort zu. Diese Maßnahmen sind aus den Herkunftsländern bekannt und leicht umzusetzen. Die freundliche Aufforderung *„Alter, gib Geld"* wird den Prozess der Realisierung der neuen Sicherheitsmaßnahmen beträchtlich fördern, wobei eine Beuteteilung von 30% für den Staat und 70% für den Ordnungshüter einen fairen Eindruck macht.

Insgesamt ist man also auf einem guten Weg. Die bereits gegründete Gewerkschaft der neuen Sicherheitskräfte, *„PG Brüder"* fordert jedoch weitere Vergünstigungen, über die noch zu beraten ist.

Gebetsräume müssen großzügig gestellt werden, können aber auch ambulant vor Ort von lokalen Unternehmen und Privatpersonen für die Ausübung der üblichen Riten beschlagnahmt werden. Fünf Gebete pro Tag sind Pflicht. Allerdings ist davon auszugehen, dass auch die Problemfälle, denen wir das Programm letztendlich verdanken, zu diesen Zeiten gebetsbedingt friedfertig sind. Die Gastronomiebetriebe sind verpflichtet, den Ordnungshütern nur noch religiös korrekte Speisen und Getränke kostenlos anzubieten. Frei-Tee wird Polizistenrecht.

Um keine religiösen Konflikte im Umgang mit dem weiblichen Geschlecht auszulösen, mussten aus Gründen der Sicherheit einige unbedeutende neue Verhaltensweisen zwingend durchgesetzt werden. Für Frauen sind generelle Ausgangszeiten festgelegt. Ab 20.00 haben die Straßen frauenfrei zu sein. Die Burkha ist offizielle Ausgangskleidung und ein männlicher Begleiter vorgeschrieben. Bei Verstößen sind umfassende Leibesvisitationen bei der weiblichen Bevölkerung ausdrücklich erlaubt und stellen einen probaten Bestandteil der Terroristenbekämpfung dar. Schließlich weiß man ja nie, wer so alles unter diesen Mobilzelten stecken könnte.

Frau am Steuer…ungeheuer teuer. Nach dem Vorbild Saudi-Arabiens dürfen sich Frauen künftig nicht mehr einfach mir nichts dir nichts hinter den Lenker begeben. Entweder befinden sie sich in Begleitung eines Mannes, der sich damit auskennt, oder das wars.

Als komplizierter erweist sich die Beseitigung christlicher Devotionalien aus den Bereichen öffentlichen Schaffens. Die Deutsche Bischofskonferenz steht vor der Herausforderung einer kompletten Neustrukturierung von Kirchen, Krankenhäusern, Amtskleidung und Spendenwesen. Aber man ist optimistisch und wird mit etwas gutem Willen schon bald die notwendigen Schritte in die Tat umgesetzt haben. Schließlich sollte einem ein funktionierendes Rechtssystem mit Ordnung und Sicherheit den einen oder anderen unbedeutenden Kompromiss wert sein.

Kurzfristig wird, wenn auch vorerst nur als Pilotprojekt, die Scharia umgesetzt. Die Kommission verspricht sich durch dieses Novum eine drastische Verkürzung von Gerichtsprozessen und eine damit verbundene Kostenreduktion.

Derzeit kämpft die Bundesregierung gegen einen Alleingang Bayerns an. Dort wird zwar gerade die Einstellung von 80.000 neuen „neuen" Ordnungshütern erwogen. Doch leider verschließt sich die Landesregierung dem geforderten Verbot von Eisbein, Bier, Kruzifixen. Derzeit werden im EU-Parlament diverse Anträge auf die Anerkennung der Bayern als *„bedrohte Spezies", „schützenswerte Minderheit"*, und *„Welt-Kulturerbe"* behandelt. Die Chancen auf Erfolg sind jedoch gering, da die Bayern keine arabischen oder afrikanischen Wurzeln vorweisen können. Auch, wenn Bayern innerhalb Deutschlands scherzhafter Weise immer wieder als *„schwarzer Erdteil"* bezeichnet wird und die Versprechungen bayerischer Politiker als Märchen aus 1001 Nacht verstanden werden, reicht es wohl nicht für einen plausiblen historischen Hintergrund. Allerdings gibt es ein positives Signal aus der Türkei. Man würde Bayern durchaus eingemeinden. Schließlich stand man dereinst vor den Toren Wiens, habe dort gut nachbarschaftliche Beziehungen gepflegt und so fern seien sich die Ösis und die Bajuwaren auch nicht. Wir alle sollten uns an so viel Toleranz ein Beispiel nehmen. Inshallah.

Malta sehen und Sterben

„Wir brauchen Urlaub", meinte *„Perfect Wife"* und sah mir auffordernd in die Augen. Und wie immer, wenn *„Perfect Wife"* den Plural Majestatis verwendet ist es Zeit für die Erkenntnis, dass *„Wir"* nicht *„Wir"* ist. Wie auch immer. Es entstand kein wesentlicher Widerstand. Urlaub, insbesondere in Gesellschaft der Liebsten, ist eine meist angenehme Sache. Nachdem der lustigen Haustiere Schar, bestehend aus Choco, Trüffel, Hades, Brutus und Terrorkrümel ins großmütterliche Asyl auf dem Lande verbracht worden waren, stand sie uns offen…die große weite Welt.
Discount-Urlaub ist eine tolle Sache, da er nun einmal so unerhört günstig ist. Und so verfügten wir uns frohen Mutes dahin, wo über die Feiertage die Sonne scheint und es lustige Getränke mit kleinen Papierschirmchen sowie allerlei kulturhistorische Sehenswürdigkeiten aus grauer Vorzeit gibt.
Das Wunschziel namens Malta machte in den bunten Prospekten einen wahrhaft majestätischen Eindruck. Und so verfügten wir uns 350 Kilometer mit unserem Freund Bundesbahn zum Abflughafen unserer Wahl. Nachdem wir angekommen und den Duty-Free Shop leergeräumt hatten, ging es dann auch gleich los. Wir saßen in einer Art Lobby und stellten erfreut fest, dass unser Flieger sich gerade an seinem Platz eingefunden hatte. Was ich erstaunlich fand, war, dass dieses Winzflugzeug zwischen all Riesenbrummern überhaupt zu lokalisieren war. Das Ding war im Vergleich zur alten 747 wirklich nur ein Fliegenschiss auf der Piste. Wie auch immer…dann eben Fliegen wie zu den Tagen der alten Flugpioniere. Abenteuerlust wie beim jugendlichen Rühmann. Quax grüßt.

Pünktlich um 17.00 schnappten wir also die zulässigen Gepäckstücke, um sie 5 Minuten später dann doch wieder abzustellen. Nichts konnte spannender als eine Schar overallbekleideter Techniker sein, die hektisch, kritische Blicke werfend, um unseren kleinen Ikarus herumsprangen, hie und da etwas frickelten und dann wieder fragende Blicke en gros spendierten.

Cool…Abenteuerurlaub ohne Aufpreis. Mit einer Verspätung von mehr als einer Stunde schwang sich Air Malta in die Lüfte. Eine Mitarbeiterin der maltesischen Hightech-Maschine vermittelte uns pantomimisch Wissenswertes über Fluchtwege, Sauerstoffmasken und andere löbliche Dinge. Es hob nicht nur die Laune beträchtlich, sondern lieferte einen ganz besonderen Thrill. Ganz klar…wir waren verloren. Chancenlos. Und dann diese fiesen Minisitze. Was etwas wirklich frustrierend ist, dann die Tatsache, dass die Gurte der Sitze in dem Winzdings nicht für große, stattliche Männer konzipiert sind. Die hämischen Blicke der Mitpassagiere beim Wunsch nach einer Verlängerung…kein Betroffener mag das wirklich.

Nach gefühlten 200 Stunden Folter im zu engen Sitz kam dann der unausweichliche Imbiss aus kleinen Plastikpöttchen, auf einem schleimgrünen Tablett von einer missmutigen und geringmotivierten Stewardess der C-Sortierung serviert. Lecker ist anders…jeweils. Nach einer weiteren scheinbaren Ewigkeit kam der Anflug auf Malta Airport, angeblich einem der am kompliziertest anzufliegenden Flughäfen der Welt. Gebetskettchen rasselten, Bibeln wurden gereicht und mir kam es vor, als sei Weihrauch in meine Nase gestiegen. Es könnte allerdings auch Schwefelgeruch gewesen sein.

Das Wunder geschah und wir landeten heil auf der löchrigen Piste. Der Applaus für die wackeren Piloten war frenetisch und der Angstschweiß in den Taschentüchern rekordverdächtig.
Unglaublich, aber wahr…ein Shuttle stand bereit und kutschierte uns zu nachtschlafender Zeit quer durch die Insel, bis wir bar jeglichen Anblicks der Mittelmeeridylle am Ort unserer Wahl ankamen. Die Freude war groß: Urlaub am Mittelmeer, während alle in Deutschland Winterkleidung trugen. Wir freuten uns auf den nächsten Tag.
Nach einer Nacht auf plastiküberzogenen Betten, die Gymnastikmatten ähnelten, erwachten wir verspannt und gerädert. *„Perfect Wife"* stürmte ans Fenster. „Sieh nur…das Meer!" jubelte sie frenetisch. Und wirklich. In einem Winkel von 37 Grad zwischen zwei Häuserfronten neuer Hotelrohbauten entdeckten wir eine Spalt Blau, der Wasser vermuten ließ.
Frohen Mutes diffundierten wir in Richtung Lobby. Urlaub und Seeluft machen ungemein Appetit. Das Buffet war reichhaltig. Cornflakes, noch mehr Cornflakes, Müsli und wieder einmal Cornflakes. Und dann…wohl versteckt, original maltesische Mett wurst. Ich nahm reichlich von der Landesspezialität, die in atemberaubenden Lila- und Rottönen schimmerte. Ich liebe Salami und wusste, dass meine Brötchen gerettet waren. Nach einem herzhaften Biss ins belegte Backwerk beschloss ich, den Brotbelag meiner Wahl einer genaueren Untersuchung zu unterziehen. Die laienhafte Untersuchung ergab einen Fettanteil von 90%, dazu 5% undefinierbare Konservierungsmittel und 5% lustige Leuchtfarben. Mahlzeit.
10 Tage Malta. Wir freuten uns auf unser Paradies. Der erste Spaziergang zeigte uns ein hübsches Neu-

bauviertel mit Rohbauten für Horden zukünftiger Touristen. Und dann, als wir aus den Häuserschluchten hervortraten, den Strand. In den Prospekten waren Hochganzbilder von Sandstränden gewesen. Wir hingegen hatten Glück und durften den stabilen Steilklippenbereich genießen. Das ersparte einem die lästigen Spaziergänge durch den Sand, der geschätzte 15 Meter unter der Wasseroberfläche vermutet wurde. Es zeigte sich, dass außerhalb der Saison alle Tauchschulen geschlossen waren. Auch hatten wir andere Temperaturen vermutet. Kurz vor Afrika hätte es doch mehr als 15 Grad haben müssen? Dann eben nicht. So blieben uns Schweiß und Sonnenbrand erspart.

Die Uferpromenade zeigte uns viele Spezialitätenlokale, in denen es wahlweise Pizza, Hamburger und Fischstäbchen gab. Das Bild wurde durch neonfarbige Karaoke-Bars abgerundet. Heißa…hier konnte man seinen Urlaub genießen.

Malta ist berühmt für seine prähistorischen Tempelanlagen und historischen Artefakte. Und so beschlossen wir, uns den kompletten Kulturschock zu gönnen. Würden die 10 dafür gebuchten Tage ausreichen? Ein entzückendes, älteres Ehepaar, das mit uns am Frühstückstisch saß, schloss sich an. Sie hatten einen bunten Reiseführer, viel Ahnung und gute Laune pur. Im Gegensatz zu uns hatten sie Halbpension gebucht und legten Wert darauf, keine Mahlzeit zu verpassen. Wir mochten die beiden sofort. Bernd und Jürgen, so hießen sie, schnappten sich also ihre Kameras und los ging die wilde kulturhistorische Jagd.

Was man über Malta sagen muss: Die Insel ist verkehrstechnisch perfekt erschlossen. Bunte Busse in indischem Dekor, antike Taxis…es gab einfach alles. Es duftete anheimelnd nach Abgasen und dröhnte wie auf dem Flugplatz. Wir fühlten uns gleich heimisch. Innerhalb von 2 Tagen gönnten wir uns Mdina (Altstadt aus Kalkstein im arabischen Einheitsstil), La Valetta (dito), Marsaxlogg (dito), Mosta (dito), Dingli, (dito), Rabat (dito), Sliema (dito) und Naxxar (dito). Danach hatte sich das Thema Architektur erschöpft. Immerhin wurden unsere Augen nicht durch zu viele Eindrücke überansprucht. Eine gelegentliche Pizza half gegen den Hunger. Echte maltesische Küche eben. Es gibt kaum Besseres.

Am dritten Tag war uns nach einem Frühstück mit reichlich leckerer maltesischer Salami und Strand. Drei Busfahrten und zwei Taxis später hatten wir einen der insgesamt zwei vorhandenen Insel-Strände erreicht. Er war etwa 200 Meter lang und bei Temperaturen von inzwischen noch 10 Grad doch nicht die optimale Wahl gewesen. Also zurück zur Kultur.

Tempelanlage aus Kalkstein, Hypogaeum (dito), Katakomben (dito), Großmeisterpalast (dito), Naturhistorisches Museum (dito). Wir zahlten überall kräftig Eintritt. Für echte Kultur ist einem eben nichts zu teuer. Leider wurde die Attraktion des Museums, der Hummer, gerade restauriert. Die Muschel hingegen war sehr ansprechend.

Am vierten Tag (Frühstück mit maltesischer Salami) mangelte es uns zuerst an Ideen. Doch Bernd und Jürgen regten eine Rundfahrt via Schiff des Traditionsunternehmens *„Captain Morgan"* um La Valetta herum an. Also frisch ans Werk. Wir sahen von einer kleinen Barkasse aus den Großmeisterpalast aus feinstem Kalkstein, Häuser (dito) und noch mehr Häuser (dito). Malta ist sehr historisch. Danach beschlossen wir das U-Boot von *„Captain Morgan"* auszuprobieren. Es hatte einen Glasboden und man sollte sowohl

original maltesischen Sand als auch die zwei Doraden der Insel zu Gesicht bekommen. Doch das U-Boot war schon seit einigen Tagen verschollen. Nicht mehr aufgetaucht. Wie ärgerlich. Bernd und Jürgen mussten derweil wieder ins Hotel…der Fluch der Halbpension. Am fünften Tag beschlossen wir, nach einem leckeren Frühstück mit Salami, die Nachbarinsel Gozo via geleiteter Rundfahrt zu inspizieren. Nach der Überfahrt mit „*Captain Morgan*" ging es mit Jeep und Chauffeur durch die raue Schönheit der ursprünglichen Insel. Besonders hübsch waren die Kirchen aus Kalkstein, die Häuser (dito) und die Bucht der Kirke. Odysseus sollte dort dereinst allerlei Dinge erlebt haben. Wir konnten es nicht nachvollziehen. Wer würde schon neben einer Müllkippe mit offener Müllverbrennung anlanden wollen? Na ja…Griechen eben. Wir gönnten uns ein leckeres Mittagessen mit Hühnchen medium, gut abgelagerten Spareribs, die zwar ein wenig leimig waren, sich aber perfekt vom Knochen lösten und einem unheimlichen Hotdog mit lila leuchtendem Würstchen in einem maltesischen Spezialitätenlokal namens „*Kentucky Fried Chicken*". Den Hotdog des Grauens haben wir nicht gegessen. Aber er dient uns noch heute als ein prima Nachtlicht. Danach desinfizierten wir uns innerlich mit reichlich Jack Daniels. Exotische Küche verlangt nun einmal nach Sicherheit. Es war ein schöner Tag gewesen und wir fielen abends erschöpft in unsere Betten. Was würde uns morgen erwarten?
Am sechsten Tag nahmen wir ein leckeres Frühstück ein. Es gab Salami. Leider gab es keine Ideen für weitere Aktivitäten. Am Frühstückstisch lernten wir eine Familie kennen, die drei Wochen gebucht hatten. Ihre neidischen Blicke, die wir mit unseren zehn Tagen

bekamen, waren Gold wert. Wir fuhren mit dem Bus nach Valetta und machten uns einen schönen Tag.
Am siebenten Tag ging es nach dem Frühstück (Salami) mit dem Bus nach Valetta. Am Abend betranken wir uns komatös.
Achter Tag…Frühstück. Mettwurst. Valetta. Fusel.
Neunter Tag…Frühstück. Wurscht. Und ein Insidertipp. *„Busketts Garden"*. Malteser lieben diese Kulturlandschaft. Im Gegensatz zur restlichen Insel sollte es dort sogar mehrere Bäume geben. Unser Taxifahrer pries den Ort in den höchsten Tönen und präsentierte uns tatsächlich ergriffen mehrere Bäume. Er hatte Tränen der Rührung in den alten Augen. Natur kann so schön sein. Nach einem großen Trinkgeld ging es ins Hotel. Es war ein abwechslungsreicher Tag gewesen. Cocktails.
Zehnter Tag. Die Dreiwochenfamilie hatte sich demonstrativ einen Tisch weitergesetzt. Bernd und Jürgen hatten noch vier Tage vor sich und schienen missmutig. Nach einem leckeren Frühstück mit maltesischer Salami packten *„Perfekt Wife"* und ich gut gelaunt unsere Taschen, bestaunten noch einmal das Meer (37 Gradwinkel). Dann ging es zum Flughafen und zurück ins trostlose, kalte, unfreundliche Deutschland. Am Zoll gab es Schwierigkeiten wegen der Zehnkilomettwurst und dem dubiosen Hotdog. Aber ich könnte nicht mehr ohne. Wieder in Deutschland fiel uns auf, dass wir eine der Attraktionen der Insel, *„Popeye Village"*, vergessen hatten. Dort wurde dereinst der Film mit Robin Williams gedreht. Wie hatte uns das nur passieren können? Aber das soll das Problem nicht sein. In ein paar Wochen ist die Wurst alle. Und dann machen wir wieder Urlaub auf unserer kleinen Lieblingsinsel im schönen Mittelmeer.

Verchipt und zugenäht.

Die moderne Technik ist ein Segen. Mutter Industrie liefert so viele Dinge, ohne die der Alltag kaum noch zu bewältigen wäre. Die Krönung der technischen Schöpfung ist für mich der allseits beliebte RFID-Chip. Vorreiter in dieser Sache ist eindeutig Uncle Sam, der seinen Bürgern, vorbehaltlich des Wunsches nach einer Krankenversicherung, die Implantate angedeien lässt. Zu deren Besten natürlich.
Der Deutsche, der bis heute nicht wirklich realisiert hat, dass die aktuelle Generation seiner Pässe und Ausweise allesamt die lustigen kleinen Datensammler und -übermittler in sich trägt, wird demnächst mit Sicherheit überrascht sein. Es werden Dinge geschehen, welche selbst die bezaubernde Jeannie nicht aus ihrer feschen, kleinen Flasche hätte zaubern können.
Bei meinem samstäglichen Parcours durch die Innenstadt kam ich unverhofft am Laden meines guten Kumpels Hardy vorbei. Wir kennen uns aus alten Lederjackentagen und ich liebe den tiefschwarzen Kaffee, den er der uralten, angelaufenen Espressokanne in den Tiefen seines Tattoo-Studios entlockt.
Wenn früher der Andrang auf seinen Betrieb eher handverlesenen Kunden vorbehalten war, schien sich etwas getan zu haben. Eine lange Schlange pickeliger Teenager hatte sich vor der Tür gebildet und harrte der Öffnung des *„Temple of Bodywood"*. Wissen ist Macht. Und ich wusste um den Hintereingang ins Tattoo-Paradies. Dort klingelte ich gar heftig und wurde vom Meister der spaßigen Körperbilder eingelassen. Er wirkte übermüdet, aber gut gelaunt.
„Boah ey", brummelte er. „Da haste aber Glück gehabt!"

Seine kompakten 190 Zentimeter voller lustiger Tattoos und origineller Metallteilchen geleiteten mich ins Innere seines Heiligtums.
„Sag mal", begann ich. „Was in aller Welt ist das da für eine Zusammenrottung vor Deiner Tür, Alter?"
Hardy grinste.
„Chip-Party!" lachte er.
„Wie jetzt?"
„Implantate. Die wollen sich alle Chips implantieren lassen. Das ist voll hipp. Und die tragen die Dinger wie Orden."
Ich schüttelte ungläubig den Kopf, während Bilder Orwellschen Ausmaßes meine Synapsen folterten.
„Aber die Dinger sind doch voll umstritten. Strahlung, Entzündungsherde, Krebs, Datenunsicherheit…warum sind die so blöd?"
„Ist halt so. Und mir isses egal. Ich habe noch nie so viel Kleingeld in so kurzer Zeit verdient. Ein Piekser…ein Hunderter. Cool, oder?"
„Aber die sind doch alle noch so jung, Deine Kunden. Ist das nicht eher fragwürdig?"
„Nö. Die kommen alle mit Erlaubnisschreiben der Eltern. Die machen sich nämlich nass, dass irgendwer ihre Sprösslinge verschleppen könnte."
„Wie in aller Welt bist Du nur auf die Idee gekommen?"
„Bin ich nicht. Ich wurde offiziell vom Familienministerium angemorst. Die fördern das sogar."
Ich schüttelte nur noch den Kopf. Dann nippte ich an meinem Kaffee.
„Bald hat den jeder. Das wird Pflicht. Die fangen schon in Krankenhäusern mit den Neugeborenen an. Aber an den Markt komme ich so nicht ran. Das Geschäft pfeiffen sich schon die Kliniken rein."

Hardy wirkte etwas verärgert.

„Aber letztendlich bleibt genug vom Kuchen übrig. Und nachher muss ich noch ins Seniorenheim. Die sind auch alle fällig. Voll die Goldgrube, der Job."

Ich musste mich sortieren und mein Weltbild überdenken.

Pässe mit Chips…Ausweise…Implantate…was würde noch kommen?

„Der absolute Hammer ist, dass die Justizbehörden jetzt das Thema haben wollen. Es gibt eine neue Chip-Kreation mit integrierter Bestrafungseinheit. Wer so ein Ding in sich hat, der büxt garantiert nicht mehr aus. Die gibt es mit Stromschlägen und wahlweise mit einer Terminierungseinheit. Wie damals bei Kurt Russel in *„Die Klapperschlange"*. Voll krass!"

„Und das kannst Du verantworten?"

„Jepp!" antwortete er und wedelte mit einem fetten Bündel Hunderter. „Aber so was von. Das kannste nicht mehr aufhalten."

Die Hundeklappe an der Hintertür klappte auf und *„Killer"*, Hardys Mastino, quetschte sich durch, beschnupperte mich, befand mich für unbedenklich, sabberte mich voll und verschwand in seinem „Körbchen".

„Isser nicht süß?" Hardy war, was *„Killer"* betraf, immer noch genauso sentimental wie zu dessen Welpentagen. „Der hat auch einen im Ohr. Ohne Chip kommt mir keiner durch die Klappe. Voll safe!"

Er marschierte zum Eingang. Unruhe breitete sich unter den Teenies aus, als er die Tür aufschloss.

„Pass auf…sonst rennen die Dich gleich um!" warnte er mich völlig berechtigt. Die Meute drängte sich in das eher kleine Studio und quetschte sich wie die Sardinen in der Dose zusammen.

„Gemach gemach! Immer langsam mit den jungen Pferden", brummelte er. „Ihr kommt alle dran. Und keine Sorge...tut nicht weh und geht fix."
Innerhalb von nur 20 Minuten hatte er 10 Teenies verarztet, verchippt, desinfiziert und um jeweils 100 Euro erleichtert.
Ich trank noch einen Kaffee und verfolgte interessiert das Geschehen.
„Da kommen auch die Daten von Girokonten drauf", grinste der Bodyart-Künstler. „Wenn die in der Disco sind, dann brauchen die nur mit dem Händchen zu wedeln und schon ist alles geritzt. Und die Dinger können permanent um Datensätze und Aufgaben erweitert werden. Türöffner, Reisepass, Ausweis...alles in einem. Weltweit. Für immer und ewig."
„Und was ist, wenn da mal ein Datenfehler passiert? Falsch eingelesen, verwechselt oder irgendwo negativ aufgefallen? Wer bewacht die Wächter?"
„Ist mir wurscht. Hauptsache die Kasse stimmt. Und wenn der Job so weiterläuft, dann verschwinde ich Ende des Jahres aus Deutschland. Brasilien. Kohle genug habe ich dann ja. Kannst dann ja mal vorbeischauen, wennde magst."
„Wieso ausgerechnet Brasilien?"
„Na...weil es dort so einen Unfug noch nicht gibt. Oder glaubste, ich lasse mir so 'n Ding reinschieben?"
Ich trank meinen letzten Kaffeetropfen und verabschiedete mich. Hardy hatte mich inspiriert.
Dies ist definitiv erst einmal mein letztes Buch, das ich schreibe. Montag gehe ich zum Sanitätshaus, kaufe Spritzen, Desinfektionszeug und Handschuhe. Danach wird fix ein Gewerbe angemeldet und dann nichts wie los. Es soll dort sehr schön sein, da unten in Brasilien.

Lobby-Dobby

Es ist nicht von Nachteil, in einer „guten" Wohngegend zu leben. Nachbarn mit Niveau sind nicht generell verkehrt. In meinem Fall ist der Nachbar Dr. Oliver Hottenroth, Mitglied des Deutschen Bundestages, Vorsitzender diverser Ausschüsse, wohlhabend und so gut wie nie zuhause. Ich kann Politiker nicht ausstehen, muss aber bei meinem Nachbarn eine Ausnahme machen. Ich kenne ihn als großzügigen, umgänglichen Menschen mit einem geradezu fantastisch ausgestatteten Weinkeller, was in der Innenstadt nicht unbedingt üblich ist. Richtig kennengelernt haben wir uns bei einer meiner Buchvorstellungen, zu der ich ihn eingeladen habe. Im Anschluss kaufte er je eines meiner Bücher. Dann hat er sie gelesen und redet heute immer noch mit mir. Humorvoll ist er also auch.
Nach einigen gemeinsamen Ausflügen in seine Weinbestände beschlossen wir, dass es an der Zeit für ein „Du" wäre.
Mittlerweile hat Olli ein solches Vertrauen zu mir, dass ich mich während seiner Abwesenheit wegen Dienstreisen und Bundestagssitzungen o.ä. um seinen Wohnung kümmere, Blumen gieße, die Post entgegennehme und entsprechend auch über eine schriftliche Vollmacht verfüge. Er weiß, dass ich sein Vertrauen niemals missbrauchen würde. Es tut gut, wenn eine Nachbarschaft funktioniert.
Ich war gerade dabei, Ollis Ficus zu gießen. Er selbst weilte derzeit auf Steuerzahlerkosten in der Dom Rep und ließ es sich gut gehen. Es klingelte an der Tür und ich öffnete gut gelaunt.
Ein kleiner, eher knittriger Mann mit großen Triefaugen, langer Nase, die zu tropfen schien, im bleigrauen

Anzug, mit weißem Hemd, schwarzer Krawatte und einem schwarzen Köfferchen bewaffnet stand vor mir, lächelte mich an und stellte sich förmlich vor.

„Mein Name ist Doblinski…so wie in Krokoschinski. Nur eben noch ein wenig anders", sprach er mit samtweicher und schriller Stimme zugleich. Er lächelte versuchsweise. „Sie sind Herr Hottenroth?"

Ich vermied die direkte Antwort und verwies auf das Klingelschild.

Herr Doblinski überreichte mir seine Visitenkarte. Demnach war er Ansprechpartner des Verbandes der Abfallwirtschaft und hatte anscheinend ein Anliegen. Irgendwie kam mir der kleine, zerknittert wirkende Mann bekannt vor. Wo in aller Welt hatte ich nur dieses Gesicht schon gesehen?

Wie auch immer. Ich bat Herrn Doblinski herein in Ollis Wohnung und fragte ihn nach seinem Begehr. Er saß er schüchtern auf dem sündhaft teurem Bretz-Sessel mit rotem Lederbezug und klammerte sich am Köfferchen fest. Seine Haltung war gebeugt, um nicht zu sagen demütig oder devot. Sein faltenreiches Gesicht produzierte wieder ein schüchternes Lächeln. Nach einem Glas Wasser entspannte er sich ein wenig, verfiel aber schnell wieder in seine bekümmerte Körperhaltung. Herr Doblinski trug rot-weiß geringelte Socken. Wie konnte ein Mann solche Socken zum Anzug tragen? Bad style, my friend.

Und da fiel es mir wie Schuppen von den Synapsen und ich wusste, an wen er mich erinnerte. Ich vernahm in meinem Hirn plötzlich die Stimme, die da sagte:" Der Herr hat Dobby eine Socke geschenkt! Dobby ist freiiiii!"

Grundgütiger. Harry Potter hatte mir einen Hauselfen mit Socken, Anzug und Köfferchen geschickt. Na ja…eigentlich nicht mir…sondern meinem Nachbarn Olli, dessen Bauch in der Karibik gerade ernste Anzeichen eines Sonnenbrandes entwickelte.

Nach ein paar Minuten war ich im Bilde. „Dobby" war Lobbyist und man legte Wert auf Ollis Stimme in Form eines „Pro" für die neuen Müllverbrennungsanlagen, über die unsere hohe Obrigkeit im nächsten Monat abstimmen sollte. Und die richtige Stimme am rechten Ort…ja, das sei ihnen schon ein paar kleine Gefälligkeiten und Zuwendungen wert.

Dobby öffnete das Köfferchen und präsentierte stolz ein beeindruckendes Quantum hübscher kleiner Geldscheinbündel. Allein schon „meine" Zusage sollte ausreichen, um eine Unterstützung meiner „Projekte" „freundlich" unterstützt zu bekommen. Und wo das herkäme…da wäre noch viel mehr. Dobby zwinkerte mir verschwörerisch zu.

Ich beschloss, Dobby eine Chance zu geben und sagte zu. Ja…ich würde im Sinne der Wirtschaft abstimmen. Dobby war hochbeglückt, zeigte eine Träne der Rührung und dienerte und buckelte sich aus meiner…pardon…Ollis Wohnung. Bevor er mich verließ, wies ich noch schnell darauf hin, dass man Geld nicht trauen könne…Gold hingegen schon. Beim nächsten Mal seien also handfeste Werte von Vorteil. Allein schon wegen Inflation und Diskretion. Er nahm es zur Kenntnis und verschwand wie in einer Rauchwolke.

Ich war verwirrt. Hauselfen? Wirtschaft? Lobbyismus? Korruption? Politik? Plötzlich fiel es mir siedend heiß ein und auf…ich war ja gar nicht Olli. Großer Gott…was hatte ich nur getan?

Dann zählte ich den Inhalt des Köfferchens, grübelte und nach und nach stellte sich ein diabolisches Lächeln a la Malfoy bei mir ein. Wer von Euch ohne

Schuld ist, der werfe den ersten Stein. Meiner spontanen Eingebung folgten der Griff zu Dobbys Visitenkarte und dem Telefon. Ich erreichte ihn sofort und bedankte mich noch einmal für seinen netten Besuch. Meine Signale, ihm jederzeit gern behilflich zu sein, erfreuten ihn offensichtlich. Und als wir noch einen Moment plauderten, fragte er dezent nach, ob ich vielleicht an weiteren „Kooperationen" zum Wohle des Wählers und des Landes Interesse hätte. Wenn ja, dann würde er gern mit Kontakten zu einigen Lobbyisten-Kollegen weiterhelfen. Ich sagte zu und verwies noch einmal auf Gold, das einfach die angenehmere Form monetären Segens sei.
„Immer diese Schlepperei", hachte er. „Aber die anderen wollen es mittlerweile auch lieber in echten Werten. Ich verstehe Sie, Meister."
Hatte er mich soeben „Meister" genannt? Bestimmt hatte ich mich verhört. Nicht verhört hatte ich mich bezüglich Dobbys Überleitungen. Innerhalb der nächsten drei Tage lernte ich viele von Dobbys Kollegen kennen. Waffen-Siggi, Pharma-Gerdchen, Kraftwerks-Joschi, Flüchtlings-Tilli...es nahm und nahm kein Ende. Und jeder brachte mir ein Köfferchen mit ein paar Kilochen Gold für die rechte Stimme zur rechten Zeit. Eigentlich ist Politik eine einfache Sache. Man trifft Entscheidungen ausschließlich zum Wohle des Volkes. Nur, wenn es der Wirtschaft gut geht, geht es auch dem Volk gut. Oder war es vielleicht anders? Egal. Ich lebe jetzt auf meiner Ranch in Brasilien, bin stinkreich und habe sowohl meinen eigenen Weinkeller als auch meine Weinberge. Nur Olli redet kein Wort mehr mit mir. Na ja...ich fand ihn schon immer etwas humorlos. Eben ein echter Politiker. Bah!

Uschis Krabbelgruppe

Als ich die frühmorgendliche Post kurz nach dem Aufstehen (10.00 Uhr) sichtete, verhagelte es mir gründlich die Laune. Ein widerwärtiger Altpapierumschlag ließ Unheil erahnen. Und so war es auch. Der Brief stammte aus der Feder der nicht von mir gewählten Bundesverteidigungsministerin und bedeutete mir, dass es schlecht um Deutschlands Sicherheit bestellt sei. Daher habe man beschlossen, nicht mehr auf meine Dienste verzichten zu wollen. *„Aunt Uschi needs YOU!"*
Meine kritische Betrachtung ergab, dass dieser Einberufungsbefehl für mich letztendlich keine Bedeutung haben könne, da ich nach absolviertem Grundwehrdienst nachträglich verweigert und dafür noch einige lustige Monate Zivildienst zusätzlich an den Hals bekommen hatte. Spaßvögel oder Deppen – DAS war hier die Frage. Ich beantwortete das Schreiben mit einem freundlichen Hinweis auf die Gegebenheiten, lehnte dankend ab und übergab die Fracht als Einschreiben dem Postamt meiner Wahl.
Als ich *„Perfect Wife"* über den Vorgang informierte, lachten wir laut, einigten uns darauf, den Vorgang humorig zu betrachten und als erledigt anzusehen.
Ein paar Tage später bekam ich Post.
Ich entnahm dem Brief des Verteidigungsministeriums, dass man meine Antwort zur Kenntnis genommen, aber nicht akzeptiert habe. Hier ging es nicht um Krieg – es ging um humanitäre Einsätze. Schließlich hätte Deutschland am Hindukusch bedeutende Beiträge zur Sicherheit und zum Wohlergehen der dortigen Bevölkerung geleistet. Von Wehr- oder gar Kriegsdienst könne daher nicht die Rede sein. Also sollte ich

mich gefälligst schnellstens zur Schickelgruber-Kaserne begeben und meiner humanitären Verpflichtung nachkommen. Schließlich rette sich so eine Welt nicht von selbst. Ich solle zusätzliche Vorteile bedenken. Ein allumfassendes Gratis-Fitness-Programm, leckere Verpflegung, kulturelle Besonderheiten des Ziellandes und Auslandszuschläge würde das Ganze nur noch attraktiver für mich machen. Ansonsten würde man mir ein paar Feldjäger vorbeischicken.
„*Perfect Wife*" und ich beratschlagten.
„Na ja", meinte sie. „Etwas mehr Fitness könnte Dir schon gut tun." Sie peilte auf meine männliche Nutz- und Schutzzone direkt über meinem Sixpack. „Und außerdem rettest Du die Welt, handelst humanitär und kommst endlich mal raus. Sieh es doch einfach als Urlaub mit positiven Zusatz-Aspekten."
Bei kritischer Rückschau konnte ich nichts entdecken, was davon dem Erlebnis von damals in irgendeiner Form entsprochen hätte. Aber der Gedanke an die Auslandseinsatz-Zuschläge war reizvoll. Auch ein Autor musste sehen, wo er blieb. Und dann war es ja auch nur humanitäre Hilfeleistung. Völlig ungefährlich. Ich schnappte mir meine Zahnbürste und radelte wie damals zur Kaserne. Dann ging alles schnell. Ich muss zugeben, dass ich nicht damit gerechnet hatte, meinen alten Drillinstruktor und Oberfeldwebel aus Wehrpflichtzeiten anzutreffen. Der Mann war deutlich über 80 und ebenso sympathisch wie damals vor über 30 Jahren. Er brüllte mich aus lieber alter Tradition heraus an, beleidigte mich gründlich durch und wir verstanden uns sofort. Eine Stunde später war ich eingekleidet und marschbereit. Grundgütiger. Das war aber schnell gegangen. In einem kurzen Mannschaftsgespräch…ich erkannte fast alle von damals wie-

der…stellten die meisten fest, auch verweigert zu haben. Aber es sei doch schön, sich nach so langer Zeit gesund wiederzusehen. Dann ging die Tür auf und „Oberfeld" betrat brüllend die Szene. Die Neuigkeiten, die er überbrachte, waren überraschend. Unser humanitärer Kampfeinsatz gegen die IS-Truppen in Syrien sei abgesagt. Nach der Ankündigung, dass sich die Bundeswehr am Kampf gegen den IS beteiligt, hatte sich die Terrormiliz spontan zurückgezogen. Gegen einen so bemitleidenswerten Gegner könne niemand guten Gewissens in den Krieg ziehen. Außerdem habe man auch seinen Stolz. Deutschlands Ankündigung, bis zu sechs Panzern, zwei Kampfflieger und Seniorenbodentruppen in den Konflikt zu schicken, hatte die Terroristen zu Tränen gerührt. Bei aller Liebe zu jeweils 72 Jungfrauen wolle man das Projekt Märtyrer doch lieber professionell angehen. Allein die vorsintflutliche Ausstattung der Uschi-Truppe mache die Aussicht auf die paradiesische Vielweiberei zu unwahrscheinlich. „Wir sind im Besitz deutscher Waffen", kommentierte der IS-Sprecher Ahmed Al K'hali. „Wir haben es nur zu einer einzigen Testreihe gebracht. Danach waren die Dinger nur noch Altmetall. Panzer mit VW-Abgassystem und erbeutete G36-Gewehre, die nach hinten losgehen, werden den ungläubigen Hurensöhnen einen schnellen Tod durch die eigene Hand bescheren. Was wird dann aus unserem Märtyrertod und den Jungfrauen?"
„Oberfeld" schluchzte. Die Nachricht hatte ihn um seine Aufgabe im hohen Alter gebracht. Wir erfuhren zwischen seinen Tränenfluten und Jammerlauten, dass es die einzige Chance für ihn gewesen wäre, die minimalistische Rente aufzubessern. Außerdem war er einsam und hatte doch niemanden mehr auf der Welt,

seit seine Frau mit einem Marokkaner durchgebrannt sei, um bei Marrakesch eine Ziegenfarm aufzubauen. Es ging einem schon ans Herz, das Elend miterleben zu müssen. Da wir nun frei jeglicher konkreter Aufgabe waren, widmeten wir uns nostalgischen Dingen. Die neuen Gewehre schossen noch mehr um die Ecke als das alte G3 aus den Jugendtagen. Die plüschbezogenen Panzer weigerten sich schon in der ersten Minute, ihren Dienst zu tun. Die Rationen aus den Tofu-EPAS waren ebenso ungenießbar wie damals, als noch der „Iwan" unser erklärter Feind war. Die ABC-Schutzmasken waren filterfrei, was das Atmen zumindest innerhalb der Testräume erheblich unangenehmer gestaltete. Präventiv gegen atomare Konflikte bekamen wir eine Sonderration Aspirin, Jodtabletten und je einen Playboy, der uns die Zeit bis zum Ableben verschönen sollte. Kurzum…es war Spaß und Entertainment pur. Besonders fesch waren die pinkfarbenen Tarnanzüge, die vor allem bei den Warmduschern unter uns hoch im Kurs standen. Die Tür ging auf und ein glücklich brüllender Oberfeldwebel kam hereinstürmt. „Männer!" jubelte er. „Das Leben hat wieder einen Sinn!"
Die Bundesregierung habe Russland zum Feindstaat erklärt. Man wolle sich die dauernden Provokationen durch den „Iwan" nicht mehr gefallen lassen. Es gäbe viel zu viele Russkys, die die Welt bedrohten. Ganz besonders schlimm trieben sie es bei Stalingrad, Leningrad und vor allem Moskau. Alles voller Russen. Unglaublich. Wir brüllten ein lautes „Hurra!" und stürmten auf die Stuben zum Packen. Wir werden den Russen schon humanitär heimleuchten. Ob sie wollen oder nicht. Uschi voran…wir folgen Dir.

Lego Brutal

Kindergeburtstage gehören zweifelsfrei zu den Höhepunkten eines jeden Familienverbands. Es erfüllt einen doch immer wieder mit Freude, wenn die lieben Kleinen mit weit aufgerissenen, glänzenden Augen das Papier von den Geschenken fetzen und sich im Anschluss dem unschuldigen Spielvergnügen widmen. Dinge wie Torte, Geburtstagslieder, Verwandte und das Fernsehprogramm werden plötzlich völlig unbedeutend.

Ich hatte mich lange mit dem Gedanken nach dem richtigen Geschenk geplagt. Die Recherche ergab, dass Klein Marvin mit seinen neun Lenzen definitiv zu jung für ein eigenes Handy war, auch, wenn gemäß seiner beharrlichen Aussage ALLE in seiner Klasse eins hätten. Bücher fand er doof. Farben, Pinsel und Leinwand auch. Heimwerkerset – Fehlanzeige. Eine Playstation fand er gut; meine Finanzen und die Angemessenheit des Präsents sprachen eine andere Sprache. Komisch: Als ICH noch in seinem Alter war, ging es auf den Sportplatz oder ins Schwimmbad. Gespielt wurde draußen und in der Glotze gab es gerade mal 3 Programme in Form von ARD, ZDF und DDR1. Eine halbe Stunde pro Tag war angemessen. Danach ging es in die Federn.

Tempora mutantur.

Klein Marvin gab als Alternative einen Computer vor. Die Erzeuger hingegen verwiesen darauf, dass ein Familien-PC vorhanden und zudem völlig ausreichend sei. So wurde noch einige Zeit beratschlagt und man einigte sich schließlich auf LEGO. Das kannte ich und fand es gut. Ich erinnerte mich an meine Lego-Steine aus alten Tagen, die kleinen roten Dachsteine, Fenster,

Mauersteine und seltenen, weil teuren Türen. Und dann erst die Specials wie Räder für Lego-Mobile, Flügel für Windmühlen…ein Quell der Freude. Also frisch ans Werk und ab ins Fachgeschäft zur Beratung.

Eindeutig: Die Zeiten hatten sich geändert. Grundgütiger. Lego bedeutete nicht mehr kleine Mauersteine und betuliche Lego-Kühe, die sich auf den merkwürdigen Noppenplatten nur mit großer Gewalt festkloppen ließen. Lego war eindeutig anders geworden. Das gesamte Universum war mit all seiner Brutalität vertreten. Allein schon die PC-Spiele waren zumindest meiner Meinung nach nur eingeschränkt kindgerecht. Konstruierst Du noch manuell oder zockst Du schon am Bildschirm? Die LEGO-Marvel-Avengers prallten auf den LEGO-Batman und das LEGO Alpha-Team vergoss kräftig Echsenblut im LEGO-Jurassic-Park. Es gab LEGO-Starwars, LEGO-Superheroes, LEGO-Pirates, LEGO-Ninjago, LEGO-Friends (offensichtlich ein Ausrutscher eines fehlgeleiteten Programmierers), LEGO-Lord of the Rings (womit mein Weltbild wieder hergestellt war), LEGO-Indiana-Jones und den LEGO-Hulk. An einem der installierten Monitore verfolgte ich hässliche LEGO-Figuren, die sich in mir stellenweise heiligen Szenarien tummelten. Also wirklich. Ein LEGO-Gandalf? Ein LEGO-Yoda? LEGO-C3PO? Hallo? Geht's noch? Die sahen wirklich abgrundtief hässlich aus und hatten mit den Originalen so viel zu tun wie eine TOFU-Schnitte mit einem Porterhouse-Steak. Billig gestrickter Asia-Ramsch, um den Kleinen und den geplagten Eltern oder Verwandten die sauer verdienten Kröten für Schund aus den Taschen zu ziehen. Das war nicht mehr MEIN LEGO. Im Gegenteil. Offensichtlich war LEGO mu-

tiert wie die LEGO-X-Men. Der Konstruktionsspaß war offensichtlich ins Hintertreffen geraten und durch die Freuden des reinen Konsumierens bunter Bilder am PC ersetzt worden. Nichts mehr mit „Wir bauen uns ein Atomkraftwerk".
Natürlich gab es passend zu den diversen PC-Spielen (Pardon – Games) auch die entsprechenden Devotionalien. LEGO-Yoda sah tatsächlich noch spilleriger und alberne als die Game-Figur. Und all die andern auch. Gandalf, Frodo, Legolas und Aragorn? Was in aller Welt hatten die Euch nur angetan? Alles war lieblos, einfallslos, Plaste und Elaste in klobig und frei von Details via Spritzguss. Bah! DAS konnte ich Klein Marvin nicht mit gutem Gewissen antun. Pädagogisch betrachtet völlig unvertretbar. Was tut der Mann von Welt? Er recherchiert. (Natürlich via PC).
Bei Heise-online fand ich folgendes: *Seit den späten 70ern nehmen die Gewaltdarstellungen in den Lego-Katalogen und Produktabbildungen zu – und auch die Baukästen werden zunehmend mit mehr Waffenbausteinen wie etwa Schwertern bestückt. Lego-Spielzeuge stellen seit Ende der 70er Jahre immer häufiger Gewalt dar und enthalten mehr Waffenbausteine. Das haben Wissenschaftler der University of Canterbury in Neuseeland festgestellt. Demnach hat sich die Zahl der Gewaltdarstellungen und entsprechenden Bausteine in den letzten Jahren erheblich erhöht. Die Entwicklung widerspreche dem unternehmenseigenen Grundsatz, dass Lego Gewalt nicht verherrlichen oder propagieren möchte, sondern durch "Konfliktszenen" die Vorteile von "Kooperation" zeigen will oder den Kindern die Möglichkeit geben möchte, sich wie Helden zu fühlen, wie es in einer Erklärung für Eltern heißt.*

Das Unternehmen wirbt überdies damit, das Spielen mit Lego trage dazu bei, "dass Kinder soziale, emotionale und intellektuelle Fähigkeiten entwickeln, die ein Fundament anlegen, welches ein Leben lang vorhält". Coole Sache. Kleine LEGO-Kampfflieger und Panzer, Kampfwagen und Plastik-Klopper-Brigaden ziehen mit kindlicher Unterstützung in die Schlacht und bringen den Mini-Soziopathen die Dinge bei, die sie später benötigen, um die Welt in Schutt und Asche zu legen. Anscheinend muss das ja einer tun. Weiterhin erfuhr ich, dass LEGO mittlerweile der größte Spielzeugkonzern der Welt sei. Und? Wer hat es erfunden? Die Dänen. Nicht nur, dass uns die Nachfahren Hamlets und Hägars jahrelang mit dänischen Würstchen, dubiosen Leberpasteten und völlig überzuckerten, quietschbunten Fruchtjoghurts den frühen Infarkt lieferten…nun kamen auch noch die LEGO-Killer-Kommandos. Was könnte es demnächst geben? LEGO-Bin Laden, LEGO-ISIS, LEGO-Obama und LEGO-Merkel? LEGO-Pershing? Ruhm und Ehre auf dem LEGO-Schlachtfeld Europa? Es schüttelte mich. Aber was sollte ich tun? Schließlich war ich in der Geburtstagsgeschenke-Bringpflicht. In der Nacht ohne Schlaf, in der ich Klein Marvin aus tiefster Seele zu hassen begann, kam mir eine Idee. Ich kaufte dem kleinen Ungeheuer einen Fußball. Am Feiertag der Geburt kam es, wie es kommen musste. Klein Marvin bekam einen Heulkrampf epischen Ausmaßes. Die Beschimpfungen waren grandios. Ich ignorierte die kleine Bestie, schleifte ihn in den Garten und zwang ihn zum Kicken. Und? Er liebt es. Seitdem sind wir die besten Freunde. Netter Junge, der Marvin. Ich mag den voll. Nur seine Eltern hassen mich. Die haben nämlich das große LEGO-Killer-Elite-Set geschenkt.

Sex'n Drugs'n Rock'n Roll

Jeder Bürger des Landes sollte sich einen Besuch in der Reichshauptstadt Berlin gönnen. Dort steht nicht ohne Grund der Reichstag, in dem engagierte Politiker jeglichen Geschlechts Höchstleitungen erbringen, um dem deutschen Volk nach bestem Wissen und Gewissen zur dienen. Ich habe mich schon immer gefragt: „Wie schaffen die das nur?"
Nun…machen Dinge erfährt man vielleicht nur, wenn man sich vor Ort von der Leistungsfähigkeit und Tatkraft ein persönliches Bild macht. Und so reiste ich mit dem ICE durchs Land und erfreute mich allerlei neuer Kontakte zu Menschen aus aller Welt, die unserem schönen Land die Ehre ihrer Anwesenheit schenken. Nach knapp vier Stunden Fahrt mit dem Unternehmen Zukunft war das Ziel erreicht. Berlin. Die Stadt des Kindl-Pilseners, des Eisbeins mit Erbsenpüree, der Schrippen und der Molle mit Korn. Traditionsgemäß gönnte ich mir einen kurzen Abstecher nach Kreuzberg. Ich wurde auf meinem Spaziergang nur 29 mal freundlich angebettelt, lernte allerlei flanierende junge Damen kennen, die sich leider kaum Bekleidung leisten konnten und so aussahen, als ob sie deshalb sehr frieren würden, zahlte treu und brav meine Schutzgelder, wenn ich von einer in die nächste Straße wechseln wollte und aß meinen obligatorischen Begrüßungsdöner. Er war sehr „würzüg", das Fleisch gut abgehangen, die Soße bitzelte angenehm auf der Zunge und perlte erfrischend die Speiseröhre hinab.
„Ich fühl mich wohl…ich steh auf Berliiiiin."
Nach einer spannenden Fahrt in den öffentlichen Verkehrsmitteln und weiteren Kontakten zu kulturell originellen Menschen aus aller Welt stand ich endlich

vor dem Ziel meines Ausflugs: Dem Reichstag. Es war ein erhebendes Gefühl, das dereinst von Christo so wunderhübsch verhüllte Gebäude zu sehen. Von der Feuersbrunst aus 1933 war keine Spur mehr vorhanden. Politische Würdenträger gingen ein und aus, bürgernah, voller Elan und Schaffenskraft. Ich hatte in weiser Voraussicht rechtzeitig eine Karte für eine Führung erworben und freute mich schon, diesen Wallfahrtsort der Demokratie zu erkunden. Nach nur wenigen Schritten in den heiligen Hallen verspürte ich ein unerklärliches Grummeln in den Innereien. Was in aller Welt…? Ich dachte den Gedanken nicht mehr zu Ende und beschleunigte bis in den Sprint. Den Göttern der Hochgeschwindigkeit sei Ruhm und Ehre, erreichte ich gerade noch „In Time" die rettende Keramikabteilung. Ich muss eine gewisse Dankbarkeit zugeben. Und doch haderte ich ein wenig mit dem Schicksal, denn ich verpasste letztendlich einen wesentlichen Teil meiner Führung. Allerdings ließ es sich aushalten. Weiße Fliesen, schwarzer Waschtisch, kleine, diskrete Kabinen, Handtuchspender…alles hübsch. Es mangelte an nichts. Und so meditierte ich vor mich hin, als plötzlich die Tür den Nachbar Separees klickte. Gesellschaft oder menschliche Nähe in einem solchen Moment schätze ich überhaupt nicht. Aber nun ja…menschliche Bedürfnisse eben. Wer hätte das weniger nachvollziehen können als ich? Plötzlich wurde etwas unter der Trennwand hindurch geschoben. Es war ein kleiner Umschlag. Danach klickte die Tür wieder und mein unbekannter Nachbar entfernte sich. Eine kritische Untersuchung des Präsents ergab mehrere kleine Papiertütchen mit einer unspektakulären, krümeligen, weißen Substanz. Ich stimmte meinen Finger kurz hinein. Merkwürdige Bräuche hatten die hier in der Hauptstadt. Zuckertütchen auf dem WC? Ich verwahrte die Beutelchen sicherheitshalber. Man konnte nie wissen, wann man mal etwas zusätzliche Energie brauchen könne. Wahrscheinlich erhielten sich so unsere Politiker ihre geistige Potenz. Sehr löblich. Als ich dann nach geraumer Zeit die heilige Halle der Erleichterung wieder verlassen konnte, ging es mir viel besser. Wie in aller Welt hatte es mich nur so brutal erwischen können? Egal. Nun wollte ich den Reichstag sehen. Aber wo in aller Welt mochte meine Gruppe sein? So ganz ohne Führer war ich in Berlin bestimmt aufgeschmissen. Speziell im Reichstag. Ich irrte also durch die Gänge, bis ich wieder an meiner Keramikabteilung angelangte. Anscheinend war ich im Kreis gegangen. Sieht man davon ab, dass ich meine Gruppe verloren hatte, traf ich Herrn Beck. Er kam aus dem Separee gestürmt und wirkte verstört. Er musterte mich, blickte mich fragend an, wich aber meinem freundlichen Blick aus und eilte davon. Merkwürdig. Als so erschreckend hatte ich mich niemals empfunden. Umso erschreckender jedoch war ein neuer Anfall innerer Unruhe und ich sicherte mir erneut einen Platz der Entspannung. Die Nebentür klickte…und wieder tauchte am Fußboden ein kleiner Umschlag auf. Merkwürdig. Ich nahm ihn an mich und verfuhr wie beim ersten Mal. Als ich diesmal mein Separee verließ, traf ich wirkliche Prominenz. Nach und nach gaben sich Frau Roth, Herr Özdemir, Herr Trittin und Herr Steinmeier die Klinke in die Hand. Es ist schon toll im Reichstag. Man lernt noch mehr interessante Menschen als im IC kennen. Anscheinend geht irgendein blöder Infekt umher. Und da zeigt sich dann die Gerechtigkeit von Mutter Natur…es trifft die Großen wie die Kleinen.

Leider kam ich nicht mehr dazu, die Reichstagskuppel zu besichtigen, da meine Gruppe verschwunden blieb. Nun ja…man kann eben nicht alles haben. Als ich dann in aller Ruhe meinen Privatspaziergang durch die Räumlichkeiten beendet hatte, schlenderte ich zum Ausgang. Insgesamt hatte mir mein Ausflug ins Zentrum der Macht gut getan. Als ich dann wieder im strahlenden Sonnenlicht unserer hübschen Hauptstadt stand, erfreute ich mich noch ein wenig an den hübschen Schleierwolken am Himmel, die den imponierenden Militärmaschinen unserer Befreier und Beschützer folgten. Mmm…früher war der Himmel einfach blauer gewesen. Das Auge trübt wohl im Alter. Wie auch immer. Im nächsten Straßencafé gönnte ich mir noch einen Abschiedstee und ein Hefeteilchen. Gott sei Dank fand ich in meiner Tasche noch die Zuckertütchen. Da hatte ich aber Glück gehabt. Und dann fix zum Bahnhof. Ich hatte es eilig.
Nun bin ich wieder zuhause. Mein Ausflug hat mir viel Freude bereitet. Und nicht nur das…Reisen erholt. Ich habe seit einer Woche nicht mehr geschlafen und so viel mehr geschafft, als im ganzen Leben zuvor. Es ist, als ob eine Muse ganze Kübel voller Genialität und Motivation über mir ausgeschüttet hätte. Aber mittlerweile scheint sich doch Müdigkeit einzustellen. Ich werde mir gleich einen Tee machen. Leider habe ich nichts mehr von dem tollen Zucker aus dem Reichstag da. Irgendwie hatte der ein ganz besonderes Aroma. Der Tee schmeckte einfach „runder". Ich glaube, ich rufe mal im Büro vom Beck durch. Vielleicht können mir die ja weiterhelfen? Aber jetzt mache ich doch erst mal ein Schläfchen. Bestimmt geht das nächste Buch gleich viel leichter von der Hand. Dann mal bis demnächst. B.B.B.

Schnell noch ein Lied!

Für die Sangesfreunde unter uns zur Melodie von „Auf der Reeperbahn nachts um halb eins!" geträllert.

Aus den Taschen springen Gelder
Vom Steuerzahler angeschafft
In Berlin ist nichts zu teuer
Taschen werden vollgerafft
Wohin geht nur all der Segen
Aus der ganzen Sklaverei
Eingesammelt von den Behörden
Von Bürgern die nicht frei

Bürger Du darfst wählen
Wer soll quälen Dich auf´s Blut
Wer soll nur all Dein Geld verprassen
Wen sollst hassen Du voller Wut?
Deine Rechte die kommen weg
Meinungsfreiheit adieu
Pressefreiheit wird kernzensiert
Kein Schwein braucht die.

Ja im Bundestag morgens um 10...
Wirst Du kaum `nen Politiker sehn
Denn der schläft gern aus
Oder bleibt zu Haus
Doch man wird die Diäten erhöh´n
Politik macht man weil es sich lohnt
Keinen Cent Steuergelder verschont
Klopp´s zum Fenster raus
Gib´s für Plunder aus
Volksvertreter Du hast es voll drauf.

Deutschland wird bald zur Geschichte
Schiedsgerichte und EU
Werden uns gepflegt rasieren
Und der Bürger der schaut zu
Ohne Rente da lebt es sich schlecht
Malochen bis zum bitteren Tod
All Deine Rechte sind abgeschafft
Du dummer Vollidiot.

Kommt Ihr Lobbyisten
Bringt uns Kisten voller Geld
Wir lassen dann die Korken knallen
Weil uns Reichtum gut gefällt
Waffenhandel und Kriegsgeschrei
Migranten machen uns reich
Krieg gegen Russland für Uncle Sam
Uns ist das gleich

Ja im Bundestag morgens um 10…Dideldideldit
Wirst Du kaum `nen Politiker sehn
Denn der schläft gern aus
Oder bleibt zu Haus
Doch man wird die Diäten erhöh´n
Politik macht man weil es sich lohnt
Keinen Cent Steuergelder verschont
Klopp´s zum Fenster raus
Gib´s für Plunder aus
Volksvertreter Du hast es voll drauf.

Und immer schön fröhlich bleiben.

B.B.B.